Buffy – Im Bann der Dämonen

TODESTANZ

Laura Anne Gilman und Josepha Sherman

Buffy
Im Bann der Dämonen

Todestanz

Aus dem Amerikanischen
von Michael Neuhaus

vgs

Die Deutsche Bibliothek – CIP-Einheitsaufnahme

Buffy, im Bann der Dämonen. – Köln : vgs
Todestanz / Laura Anne Gilman/Josepha Sherman.
Aus dem Amerikan. von Michael Neuhaus. – 2000
ISBN 3-8025-2754-2

Das Buch »Buffy – Im Bann der Dämonen. Todestanz«
entstand nach der gleichnamigen Fernsehserie
(Orig.: *Buffy, The Vampire Slayer*) von Joss Whedon,
ausgestrahlt bei ProSieben.

Erstveröffentlichung bei Pocket Books, New York 1999.
Titel der amerikanischen Originalausgabe:
Buffy, The Vampire Slayer.
Visitors.

Umschlaggestaltung: Sens, Köln
Titelfoto: © Twentieth Century Fox Film Corporation 2000
Satz: Kalle Giese, Overath
Druck: Clausen & Bosse, Leck
Printed in Germany
ISBN 3-8025-2754-2

Besuchen Sie unsere Homepage im WWW:
http://www.vgs.de

Prolog

Buffy Summers atmete die milde Abendbrise und damit ein Gefühl des Wohlbehagens ein. Frühling in Sunnydale. Die Luft war erfüllt von frischen Gerüchen, das Gras wuchs – und die Vampire gingen auf die Jagd.

Doch wann taten Vampire das eigentlich nicht? Schließlich gab es bei den Untoten keine Jagdaufseher oder so was.

»Das wäre ein Job nach meinem Geschmack«, brummelte sie vor sich hin und bog in eine Seitengasse ein. »Tut mir Leid, Fangzahn, aber ich fürchte, deine Jagdgenehmigung ist soeben abgelaufen. Das wär's doch. Den Spruch sollte ich mir auf jeden Fall merken.«

Das spärliche Licht der Straßenlaternen vermochte die dunklen Schatten der Nacht kaum zu durchdringen, doch Buffy setzte ihren Marsch unbeirrt fort. Straßenräuber standen auf ihrer Liste von Gefahren, denen es besser aus dem Wege zu gehen galt, nicht sonderlich weit oben. Es gab wesentlich übleres Gesindel, das in den nächtlichen Straßen der Stadt sein Unwesen trieb, einer Stadt, die in früheren Zeiten unter dem Namen Boca del Infierno, Höllenschlund, berüchtigt gewesen war.

Bei diesem Gedanken fuhr Buffy Summers herum – und wurde tatsächlich mit zwei Untoten konfrontiert, die sich ihr aus dem Hinterhalt näherten.

Zumindest versuchten sie es. Einer der wenigen Vorteile ihres Daseins als Jägerin – als Auserwählte, als einziges Mädchen auf der ganzen Welt mit der Macht und den Fähigkeiten und so weiter und so weiter – bestand fraglos darin, dass jeder, der sich unbemerkt an sie heranschleichen wollte, vor einer schwierigen Aufgabe stand, mochte er ein noch so leisetreterischer Widerling sein.

Und Widerlinge waren die beiden Kreaturen, denen sie gegenüberstand, ohne Frage.

»Okay, das Beste wird sein, ihr Jungs geht allein in die Disco.«

Der Vampir zu ihrer Linken kam knurrend heran und fletschte die Zähne. Ganz offensichtlich hatte er keinen Zahnarzt mehr konsultiert seit ... vermutlich war es nie dazu gekommen. Ein gezielter Tritt gegen die Brust ließ ihn einige Schritte zurücktaumeln. Gelegenheit genug für Buffy, einen Pflock hervorzuziehen, nach vorn zu schnellen und ihn dem dämonischen Gegner durchs Herz zu stoßen.

»Hab dich!«, rief sie triumphierend und wandte sich im gleichen Moment bereits dem zweiten Vampir zu. Angesichts des unrühmlichen Endes seines Gefährten vorsichtig geworden, umkreiste er Buffy lauernd und wartete auf einen Augenblick der Unachtsamkeit.

Es gab keinen.

Ein unangenehm kalter Schauer überkam Buffy, als auch der zweite Vampir zu Staub zerfiel. Sie spürte ein leichtes Prickeln im Nacken, genau dort, wo einige Haarsträhnen, die sich aus ihrem Pferdeschwanz gelöst hatten, auf der schweißnassen Haut klebten. Vielleicht war es nur der Wind – vielleicht aber auch ihr Jägerinnen-Instinkt, der sie vor weiteren Blutsaugern warnte, die hier irgendwo im Hinterhalt liegen mochten.

»Und wenn schon«, murmelte sie. »Kommt raus, ihr Friedhofskakerlaken. Ich habe morgen einen Test in Geschichte und falls ich noch etwas Zeit finden sollte, mich darauf vorzubereiten, besteht durchaus eine gewisse Chance, dass ich ihn nicht in den Sand setze. Also los, bringen wir's hinter uns.«

Ein Herzschlag. Noch einer ...

Buffy stieß mit einem kaum hörbaren Seufzer der Erleichterung die Luft aus. »Ihr wollt nicht? Na gut, dann eben nicht.«

Sie steckte den Pflock weg, wischte sich den kalten Staub von den Händen und schüttelte angewidert den Kopf.

»Eines Tages werden sie dahinterkommen, dass unkoordinierte Einzelangriffe die beste Methode sind, zu Kebab verarbeitet zu werden. Ich sollte auf jeden Fall daran denken, diesen Hinweis im Handbuch für angehende Vampire nicht zu erwähnen.«

Sie warf einen flüchtigen Blick auf ihre Armbanduhr und betrachtete nachdenklich die von Wohnhäusern und Vorgärten gesäumte Straße, die nun ruhig und friedlich vor ihr lag. Ihr Bedarf an Heldentaten zur Rettung der Menschheit war für diesen Abend gedeckt. Zeit, nach Hause zu gehen. Zeit für Buffy Summers, die High-School-Schülerin. Und was das merkwürdige Gefühl anbelangte, das sie nach Erledigung des zweiten Vampirs überkommen hatte, ... Buffy wischte den Gedanken mit einem Achselzucken beiseite. Falls dort tatsächlich noch weitere Vampire auf der Lauer gelegen haben sollten, hatten sie ihre Pläne allem Anschein nach noch einmal überdacht.

Ein Grinsen trat auf das Antlitz der Kreatur, die sich in den nächtlichen Schatten verbarg, ein kurzes Aufblitzen tödlicher, spitzer Zähne, dann huschte sie lautlos davon. Diese junge Menschenfrau besaß eine starke Aura, eher die eines Jägers denn die des Opfers. Genau wie die Kreatur selbst. Dennoch war das Mädchen zweifellos ein Mensch. Doch was für ein Mensch? Sie hatte diesen Abschaum gewöhnlicher Blutsauger ohne ein einziges Anzeichen von Furcht niedergestreckt – voller Kraft, machtvoll und stark.

Doch längst nicht stark genug, um unbesiegbar zu sein.

Fiebrige Vorfreude durchfuhr das Wesen und ließ sein dunkel schimmerndes Fell erzittern. Sich mit dieser Kraft zu messen, ihr jegliche Lebenskraft zu rauben ... welch ein berauschender Gedanke!

Doch noch war es dafür zu früh. Noch wusste es zu wenig über die Möglichkeiten und Grenzen der Menschenfrau.

Es bestand kein Grund zur Eile. Es gab so viele andere Leben an diesem Ort, Leben, die ihm nichts entgegenzusetzen hatten und die zu jagen ebenso einfach wie kurzweilig sein würde.

Und was diese Menschenfrau betraf, so würde auch sie eines Nachts zur Gejagten werden ... ja, so würde es sein. Denn selbst wenn sie sich ein wenig gründlicher umgesehen hätte, wäre ihre Suche erfolglos geblieben. Denn das, was ihre Sinne alarmiert hatte, war längst auf und davon.

Und es war kein Vampir.

Und es empfand vor ihr keine Furcht.

Im Gegenteil ...

1

»Grundgütiger Himmel«. Rupert Giles, in einer Hand einen ordentlich zusammengefalteten Luftpostbrief, blieb in der Tür zu seiner Bibliothek – genauer gesagt der Schulbibliothek der Sunnydale High – stehen, so jäh und unerwartet, dass Buffy beinahe mit ihm zusammengeprallt wäre.

»Giles –«

Fassungslos blickte er in sein entweihtes Heiligtum. »Die Bibliothek ist voller Leute.«

»Giles, es ist eine Schulbibliothek. Sie *sollte* voller Leute sein.«

»Äh, ja, natürlich. Aber normalerweise ist sie so ... tja, bemerkenswert leer.«

Was Giles, so vermutete Buffy, nicht eben unangenehm war. »Leer« bedeutete für ihn, dass er die Maske des Schulbibliothekars ablegen und sich dem eigentlichen Grund seiner Anwesenheit in Sunnydale widmen konnte. Er war der Wächter der Jägerin, und seine Aufgabe bestand in erster Linie darin, ein Auge auf alle merkwürdigen Phänomene und Wesen zu haben, die sich am Höllenschlund ein Stelldichein gaben.

Einschließlich der Jägerin selbst.

Doch heute war der große Arbeitstisch, um den die Jägerin und ihre Gehilfen – Will, Xander und Cordelia – sich für gewöhnlich versammelten, von befremdlichen Gestalten in Beschlag genommen: Fünf schnatternde und wild gestikulierende Frauen und ein Mann, allesamt etwas zu alt, um noch als normale Sunnydale-Schüler durchzugehen.

Andererseits, dachte Buffy, was war an der Sunnydale High schon normal? Werwölfe, Hexen, unsichtbare Mädchen, Cordelia ...

Bücher und persönliche Habseligkeiten der unbekannten Besucher lagen auf dem Tisch verstreut, als gehörte ihnen die gesamte

Bibliothek. »Voller Leute« war vielleicht etwas übertrieben, doch Buffy konnte Giles' Entsetzen durchaus nachvollziehen. Ganz ohne Zweifel fühlten die wissenshungrigen Gäste sich hier wie zu Hause. Ein Umstand, den auch Buffy nicht gerade mit Wohlwollen zur Kenntnis nahm. *Ihre* Bibliothek. *Ihr* Bibliothekar.

»Kann ich Ihnen behilflich sein?«, fragte Giles zuvorkommend in die Runde und schob den Brief, den er immer noch in der Hand hielt, geschäftsmäßig in die Jackentasche. Alles in allem machte er sich in seiner Rolle als Archetyp des etwas hölzernen und bieder wirkenden britischen Bibliothekars ganz gut.

Es kostete ihn allerdings auch keine große Mühe.

»Nein, wir haben alles im Griff.«

Die junge Frau, die Giles' Entgegenkommen so brüsk zurückwies, war durchaus beeindruckend, musste Buffy zugeben, vorausgesetzt man hatte ein Faible für arrogantes Auftreten. Eine Brünette, die es augenscheinlich gewohnt war zu bestimmen, wo es langging. Und vermutlich stieß sie damit normalerweise auf wenig Widerstand.

»Lehramtsstudenten!«, entfuhr es Giles laut, der sich des Verstoßes gegen die Etikette, den er damit eindeutig beging, offensichtlich nicht bewusst war. »Natürlich. Rektor Snyder hat in der vergangenen Woche von nichts anderem geredet.«

Auch Buffy konnte sich nun erinnern. Es ging um ein neues Programm des örtlichen Colleges, eines von diesen Praxisseminaren.

Na fabelhaft, dachte Buffy. Genau das, was sie hier brauchten. Noch mehr Lehrer. Doch wenn sie Glück hatten, würde die Invasion in ein paar Wochen vorüber sein.

»Hey, Giles, Buffy hat gesagt –«

Willow Rosenberg stürmte zur Bibliothekstür herein und konnte ihr Tempo, als sie die unerwartete Gesellschaft bemerkte, nur mit Mühe bremsen. Schliddernd kam sie zum Stehen. Ihr Gesichtsausdruck zeigte der Reihe nach Verwirrung, Bestürzung und Begreifen, gefolgt von einer Miene, die an Harmlosigkeit kaum zu überbieten war.

Vielleicht lag es an ihrem ohnehin eher braven Äußeren, ihrem mädchenhaften Rotschopf vielleicht, doch Buffy konnte nicht umhin, ihr Bewunderung zu zollen. Willow hatte es wirklich raus, diesen Gesichtsausdruck machte ihr so schnell keiner nach. Noch etwas Übung, und der CIA oder einer von diesen größenwahnsinnigen Software-Giganten mit Weltherrschaftsambitionen würde an sie herantreten, um sie zu rekrutieren. Nachdem es ihr erfolgreich gelungen war, sich auf die neue Situation einzustellen, fuhr Willow mit deutlich gesenkter Stimme fort: »Buffy hat gesagt – oh hi, Buffy. Du bist da … äh, ich meine, du bist hier? Okay. Ich schätze, dann kannst du es ihm ja selbst erzählen.«

»Ich habe dir gesagt, dass ich vor der siebten Stunde hier vorbeischauen würde, du hast es nur vergessen.« Buffy wandte sich an Giles. »Sie ist völlig besessen.«

»Bin ich nicht.«

»Bist du doch.«

»Na ja, vielleicht … ein bisschen.«

»Könnte mir eventuell jemand erklären, worum es eigentlich geht?«, fragte Giles leicht gereizt.

»Die *Battle of the Bands*, Sie verstehen schon.« Nein, zweifellos verstand der Mann ganz und gar nicht, also versuchte Buffy es mit der ausführlicheren Version. »Oz nimmt mit seiner Band an einem Wettbewerb teil – neben Dutzenden von anderen Bands aus der ganzen Umgebung –, und nun kann Willow an nichts anderes mehr denken.«

»Das ist nicht wahr«, protestierte Willow erneut, diesmal ein wenig kleinlauter.

»Doch, ist es. Glaub mir, Will. Dein Gehirn ist nur noch ein verliebter Hohlraum. Aber was ich eigentlich sagen wollte …« Buffy wandte sich wieder Giles zu. »Ich glaube nicht, dass ich es heute Nachmittag schaffen werde. Tochterpflichten, sie wissen schon.«

Es war für Joyce Summers ein entsetzlicher Schock gewesen, dass ausgerechnet ihre einzige Tochter dazu ausersehen war, des Nachts durch die Straßen zu ziehen, um Dämonen aufzustöbern und ihnen zu ihrer wohlverdienten ewigen Ruhe zu verhelfen. Doch sie hatte sich alles in allem erstaunlich rasch damit abgefunden, musste Buffy zugeben. Für eine Mutter jedenfalls. Zumindest war ihre fixe Idee, der Angelegenheit mittels Hausarrest beikommen zu können, erst einmal vom Tisch, was grundsätzlich positiv zu beurteilen war. Nicht so positiv hingegen war der Umstand, dass sie mit Vehemenz auf ein mindestens einmal pro Woche stattfindendes gemeinsames Mittagessen bestanden hatte, natürlich inklusive Rechenschaftsbericht und ausgiebiger Konversation.

»Ich verstehe«, sagte Giles. Er überließ die Neuankömmlinge widerstrebend sich selbst, nicht ohne eine gewisse Unruhe im Blick, die darauf hindeutete, dass er es nicht für ausgeschlossen hielt, sie im nächsten Augenblick mit seinen kostbaren Büchern Volleyball spielen zu sehen. »Das ist natürlich ein triftiger Grund. Obwohl ich generell der Meinung bin, möglichst wenig Menschen von deinen, äh, anderen Verpflichtungen wissen zu lassen, habe ich das Gefühl, dass es richtig ist, deine Mutter einzubeziehen. Ich weiß, ich verstoße damit gegen einen der wichtigsten Grundsätze, an die ein Wächter sich zu halten hat – trotzdem denke ich, es ist richtig. Wie auch immer, kommst du, äh, ich meine, wirst du deine Hausaufgaben dann heute Abend machen?«

»Hausaufgaben?« Willow schien ihm nicht folgen zu können.

»Sag ich doch. Sie hat nur noch Oz und seine Band im Kopf«, grummelte Buffy genervt.

Willow wurde rot. »Ach ja. Genau. *Hausaufgaben*. Jede Menge Hausaufgaben. Nach dem Essen mit deiner Mutter.« Bemüht das Thema zu wechseln, fuhr sie fort: »Und? Sind irgendwelche neuen Bücher hereingekommen?«

»Nein. Willow, ich habe dir schon einmal gesagt, dass die ...« – Giles warf einen Blick über die Schulter, hin zu der Gruppe von College-Studenten, die nach wie vor lautstark ihre Bücher und Unterlagen studierten – »... die älteren Ausgaben für dich tabu sind.«

»Sie vertrauen mir nicht«, warf ihm Willow enttäuscht vor. »Er vertraut mir nicht, Buffy.«

»Es ist keine Frage des Vertrauens«, widersprach Giles. »Nicht direkt, jedenfalls. Aber könnten wir diese Diskussion vielleicht ein anderes Mal fortsetzen? Ich muss noch einige Arbeiten für Rektor Snyder erledigen, bevor er hier vorbeikommt.«

»Snyder? Er kommt hierher?«, schrie Willow auf. »Oh. Ich habe Unterricht. Oder irgendwas. Jedenfalls bin ich spät dran. Ich muss los.«

»Ich auch«, fiel Buffy auffallend plötzlich ein. Sie setzte ihrer Freundin hinterher, hatte sie an der Tür bereits eingeholt, und gemeinsam brachten sie einen ausreichenden Sicherheitsabstand zwischen sich und das gefährliche Terrain.

Ein verächtliches Schnauben drang vom Arbeitstisch herüber und legte die Vermutung nahe, dass die lernwütigen Lehramtsstudenten (a) weitaus weniger mit ihren Studien beschäftigt waren, als es den Anschein hatte, und (b) die vorherrschende Meinung über den

Schulleiter bereits teilten, obwohl sie ihn erst vor kurzem kennen gelernt hatten.

Giles rang sich ein nichts sagendes Lächeln ab, machte auf dem Absatz kehrt und zog sich zielstrebig in die relative Sicherheit seines Büros zurück. Energisch schloss er hinter sich die Tür.

Endlich allein, ließ sich der Wächter auf seinen zerschlissenen Schreibtischsessel sinken, zog den Brief, den er zuvor in die Jackentasche gesteckt hatte, wieder hervor und begann erneut zu lesen. Und wieder schrillten bei ihm sämtliche Alarmglocken.

Der Rat der Wächter hatte beschlossen, eines seiner Mitglieder hierher zu entsenden.

»Warum nur?«, murmelte Giles in sich hinein. »Haben wir nicht hinreichend unter Beweis gestellt, dass wir unserer Aufgabe mehr als gewachsen sind? Wieder und immer wieder?«

Er warf einen Blick auf die Uhr – die Zeit würde ungefähr hinkommen. Er könnte einfach in England anrufen und um eine Erklärung bitten ...

Nein, dachte er, keine gute Idee. Sollte der Rat wirklich die Absicht haben, sie zu kontrollieren, wäre eine derartige Reaktion sicherlich genau das falsche Signal. Das Beste würde sein, er behandelte diesen Besuch wie etwas ganz Alltägliches. Eine reine Routineangelegenheit. Kein Grund, Buffy damit zu belasten. Sie hatte im Augenblick ohnehin schon genug Probleme.

Zum Beispiel das gemeinsame Essen mit Joyce.

Giles konnte sich ein Schmunzeln nicht verkneifen. Er vermochte nicht zu sagen, für wen er mehr Mitleid empfinden sollte: für die Jägerin oder für ihre Mutter.

»Buffy, ich erwarte ja nicht von dir, dass du mir gleich dein ganzes Leben opferst. Aber ein einziger Abend wird doch wohl drin sein.«

Buffy beschäftigte sich mit dem Essen auf ihrem Teller und vermied es, ihrer Mutter in die Augen zu sehen. Bis jetzt war eigentlich alles ganz gut verlaufen, richtig nett sogar. Okay, zugegeben, sie saßen gerade mal zehn Minuten am Tisch, nicht eben eine lange Zeit. Aber es hatte Spaß gemacht, gemeinsam den Tisch zu decken, während sie wie immer die Hits und Oldies mitgegrölt hatten, die im Radio gespielt wurden.

»Mom, es ist nicht so, dass ich nicht wollte. Ich weiß, wie viel dir diese Vernissage bedeutet.«

»Woher solltest du? Mal ehrlich, Buffy, wie oft bist du in deinem Leben auf einer Kunstausstellung gewesen? Oder anders gefragt, wie wiele Ausstellungen hast du dir überhaupt jemals angesehen?«

Buffy sah sie wütend an. »Drei, wenn du's genau wissen willst. Eine über japanische Seidenmalerei, echt cool übrigens, eine über afrikanische Masken und eine über irgendwas, das mit Westindien zu tun hatte – ich kann dir sagen, die essen da wirklich die verrücktesten Sachen. Nach all den Snacks und Probehäppchen war Xander fast so weit, dass er sich den Magen auspumpen lassen wollte.«

Sie lehnte sich triumphierend zurück. Doch der Triumph war nur von kurzer Dauer.

»Auf die erste wärst du ohne Willows Drängen niemals gegangen und zu der zweiten hatte dich dein Kunstlehrer verdonnert, um dich vor dem Durchfallen in der anschließenden Klausur zu dem Thema zu bewahren. Und was die Westindien-Ausstellung anbelangt, so wärt ihr im Leben nicht auf die Idee gekommen, dorthin zu gehen, wenn ihr nicht geglaubt hättet, es ginge dabei ausschließlich um Sonne, Strand und braun gebrannte Teenager in knappen Badeklamotten.«

Buffy zuckte mit den Achseln und betrachtete das Stück Huhn auf ihrer Gabel. »Hätte ja sein können. Immerhin warst du dir nicht zu schade, uns bewusst in die Irre zu leiten.«

»Buffy, das Einzige, um was ich dich bitte, ist, mir einen einzigen Abend deiner kostbaren Zeit zu schenken. Und tu nicht so, als käme das für dich völlig unerwartet. Wenn ich mich recht erinnere, haben wir vor zwei Wochen bereits darüber gesprochen. Ich glaube nicht, dass ich zu viel verlange.«

»Ich weiß, ich weiß.« Buffy würde ihrer Mutter ja gern eine Freude machen. Aber es gab doch bestimmt noch andere Möglichkeiten. Der Gedanke daran, stundenlang herumzustehen, Cocktailhäppchen herumzureichen und den Pott mit der Bowle nachzufüllen, freundlichen Smalltalk mit Kunstkritikern und Lokalreportern zu machen, oder mit Leuten wie Cordelias Mutter, die überall dort anzutreffen waren, wo man sich über »Große Kunst« verbreitete – gar nicht zu reden von den unvermeidlichen lästigen Fotografen –, dagegen erschien sogar die Sunnydale High als ein Ort wahrer Glückseligkeit.

»Es ist nur so, dass wir eigentlich vorhatten, an dem besagten Abend alle gemeinsam ins Kino zu gehen« – dass dies zudem der letzte ruhige Abend für Oz sein würde, bevor das ganze Werwolftheater wieder losging, behielt sie geflissentlich für sich –, »und ich habe mich *wirklich* darauf gefreut.«

Die Masche mit dem armen, völlig überarbeiteten Mädchen mit ausgeprägtem Gemeinschaftssinn zog fast immer. Ihre Mutter schien ins Wanken zu geraten, wenn auch nur ein wenig, doch Buffy holte bereits zum entscheidenden Schlag aus. »Versteh mich nicht falsch, es ist nicht so, dass ich kurz vor dem Zusammenbruch stehe oder so, aber ich brauche einfach mal eine Auszeit. Immerhin habe ich so etwas wie einen Fulltimejob – ohne geregelte Arbeitszeiten und ohne jegliche Unfallversicherung. Und ich krieg nicht einen einzigen Penny dafür.«

Buffy hielt, von ihrem letzten Gedanken etwas abgelenkt, einen Augenblick inne. Doch dann entschied sie, dass es klüger war, nicht gerade jetzt eine Diskussion über mehr Taschengeld vom Zaun zu brechen. »Ich dachte, ich könnte mal für ein paar Stunden abschalten, einfach mal Teenager sein. Verstehst du, keine Verantwortung, keine Verpflichtungen, nichts. Kannst du für diese Vernissage nicht irgendjemand engagieren? Jemanden, der mit solchen Happenings wesentlich mehr anfangen kann als ausgerechnet ich?«

Joyce Summers rang sichtlich um Beherrschung. Sie war stets bemüht, den Problemen ihrer Tochter mit Verständnis zu begegnen, obschon das für die Mutter einer Vampirjägerin nicht immer einfach war. Doch auch ihrer Großmut waren Grenzen gesetzt. Und so verfiel sie in jene elterlichen Verhaltensmuster, wie sie seit Urzeiten von Generation zu Generation weitergereicht wurden.

»Meine liebe Buffy, ich bin nicht Krösus, meine Mittel sind begrenzt. Ich kann es mir nicht leisten, jedes Mal jemanden zu engagieren, wenn Not am Mann ist. Ich fürchte, es gibt für dich keine Alternative.«

»Aber Mom ...«, setzte Buffy erneut an, und die Art, wie sie die Gabel in ihrem Salat versenkte, ließ bezüglich ihres emotionalen Zustands keinerlei Zweifel aufkommen.

»Nein, Buffy. Ich wünsche keine weitere Diskussion.« Joyce seufzte und widmete sich ebenfalls ihrem Salat. »Im Ernst, du führst dich auf, als hätte ich dich darum gebeten, dir für mich den Kopf abhacken zu lassen. Dabei brauchst du nicht einmal einen ganzen Tag zu opfern – nur einen einzigen Abend. Ein paar Stunden. Du könntest sogar deine Hausaufgaben mitnehmen. Wenn wir mit den

Vorbereitungen fertig sind, bleibt dir noch genügend Zeit zum Lernen, bevor die Leute von der Presse eintreffen.«

Treffer, dachte Buffy. Wenngleich ihre schulischen Leistungen ins Feld zu führen ein herber Schlag unter die Gürtellinie war, der nicht gerade von Fairness zeugte.

Buffy holte tief Luft und versuchte ihren Ärger herunterzuschlucken. Es war ihre Mutter, die ihr gegenübersaß. Niemand, der ihr etwas Böses wollte. Niemand, gegen den sie kämpfen wollte.

»Mom. Ich gebe mir jede erdenkliche Mühe. Ich häng mich wirklich rein. Und das weißt du auch. Du musst zugeben, dass meine Noten besser geworden sind. Wäre es nicht allmählich an der Zeit, damit aufzuhören, mir an sieben Tagen in der Woche vierundzwanzig Stunden lang damit in den Ohren zu liegen?«

»Nein.« Joyce versuchte ein Lächeln. »Aber ich mache dir einen Vorschlag. Du hilfst mir bei der Ausstellungseröffnung, und ich werde das ganze Wochenende nicht ein einziges Wort über deine schulischen Pflichten verlieren.«

Auf einem Stück Huhn herumkauend, dachte Buffy über das Angebot nach. Ihre Mutter wäre überglücklich und hätte ein Problem weniger. Sie selbst dagegen würde ihre Freunde versetzen müssen und einen Abend lang entsetzlich leiden. Aber ein Wochenende ohne Moms Nörgelei war eine durchaus verlockende Offerte. »Mach eine Woche daraus und wir sind im Geschäft.«

»Versuch nicht, mit mir zu handeln, junge Lady. An mir haben sich schon Kunsthändler die Zähne ausgebissen, gegen die deine Vampire die reinsten Waisenknaben sind.«

So scherzhaft diese Worte auch gemeint sein mochten, Buffy blieb der drohende Unterton in der Stimme ihrer Mutter nicht verborgen. Sie durfte den Bogen nicht überspannen, sonst hatte der Deal so viel Zukunft wie ein Vampir mittags um zwölf am Strand von Miami Beach.

Manchmal war es selbst für eine Jägerin klüger nachzugeben. Zumindest ein wenig.

Der Mond stand als milchig trübe Sichel tief am Himmel, Wolkenschleier zogen in trägen Fetzen an ihm vorüber. Mit weit ausholenden Schritten ging Buffy über den in Dunkelheit getauchten Friedhof, den Pflock, den sie von Kendra erhalten hatte – Mr. Pointy, wie sie ihn bisweilen nannte –, lässig hin und her schwingend. Es war eigenartig, doch seit sie ihn bei sich trug, fühlte sie sich viel sicherer ... irgendwie stärker. Auf unerklärliche Weise schien er die Bürde ihres Schicksals als Jägerin erträglicher zu machen.

»Okay, genug Selbstmitleid für heute«, schalt sie sich selbst. Doch das war leichter gesagt als getan, vor allem an einem Abend wie diesem. Eigentlich hatte Will versprochen, sie zu begleiten und mit ihr noch einmal den Stoff für die nächste Klausur durchzugehen, doch dann hatte ihre treueste Gefährtin sie eiskalt im Regen stehen lassen, um einer weiteren Probe der *Dingoes* beizuwohnen. Ende nächster Woche würde es endlich so weit sein, und das *Bronze* würde Schauplatz jenes denkwürdigen Ereignisses werden, an das Willow sie mindestens fünfmal am Tag erinnerte: die *Battle of the Bands*.

»Oh nein, sie ist nicht besessen«, brummelte Buffy ärgerlich vor sich hin. »Überhaupt nicht.«

Doch wenn sie ehrlich war, konnte Buffy es ihr nicht einmal übel nehmen. Nicht wirklich jedenfalls. Ein gemeinsamer Abend mit ihrem Liebling, selbst wenn der Liebling nichts anderes im Kopf hatte als seine Musik und seine Band, schlug einen nächtlichen Streifzug durch das Reich der Toten um Längen.

Nur gut, dass der ganze Zirkus nicht bei Vollmond stattfand, dachte Buffy, sonst wäre Oz gezwungen, eine Extraeinlage als Werwolf zu geben. Zumindest in punkto Showeffekt würden die *Dingoes* damit das absolute Highlight des Abends sein. Andererseits ...

Ein Frösteln durchfuhr sie. Da war es wieder – dieses unangenehme Kribbeln in ihrem Nacken, das sie bereits in der vergangenen Nacht verspürt hatte. Anders als das Gefühl, das sie normalerweise überkam, wenn Vampire in der Nähe waren, doch nichtsdestoweniger beunruhigend. Buffy blieb einen Augenblick stehen und der Schauer ebbte langsam ab.

»Na super, jetzt hab ich auch schon Halluzinationen«, grummelte sie. »Es tut mir Leid, Giles, aber ich konnte heute Nacht leider keinen einzigen Vampir erlegen, weil ich einem Phantom hinterhergejagt bin.« Kein gelungener Auftakt ihres allmorgendlichen Berichts.

Nicht, dass es darüber hinaus viel zu berichten gäbe. Bis jetzt jedenfalls war diese Nacht eine komplette Pleite. Nicht ein Vampir weit und breit, nicht einmal einer von der dümmeren Sorte. Nur dieses merkwürdige Gefühl, dass etwas Bedrohliches in der Luft lag. Und selbst das löste sich mit der Zeit in Wohlgefallen auf.

Wenn das so weiterging, würde schrecklich nur noch ihre Langeweile sein.

Was nicht unbedingt das Schlechteste wäre, dachte sie, vielleicht hatte ihre Mutter gar nicht so Unrecht. Ein wenig Zeit zur Besinnung hatte noch niemandem geschadet.

Während sie ihren Weg fortsetzte, stellte Buffy sich vor, wie ihre Mutter zu Hause saß und auf sie wartete, als ob sie von einem Date heimkehrte. Wenn es nur so wäre, dachte Buffy wehmütig. Zurzeit wies ihr Terminkalender nicht ein einziges Rendezvous auf.

Ein Rascheln zu ihrer Rechten ließ sie wie angewurzelt stehen bleiben. Kein Zweifel, da *war* etwas. Mit einem Satz sprang sie auf eines der Grabmonumente und spähte in die Dunkelheit. Nichts. Nicht einmal eine streunende Katze, die im Unterholz nach Beute jagte.

Verdammt, wo stecken die nur alle?, dachte Buffy. Fand vielleicht irgendwo ein Räumungsverkauf statt, von dem sie nichts mitbekommen hatte?

Die Vorstellung von Einkaufszentren und Geschäften lenkte ihre Gedanken wieder in den Alltag zurück, und das wiederum ließ sie erneut an ihre Mutter denken. Ließ man die rein kulinarischen Aspekte außen vor, war das gemeinsame Essen für beide eine einzige Tortur gewesen. Nachdem sie die Sache mit der Vernissage geklärt hatten, war die Konversation nur äußerst schleppend vorangegangen. Zwei Menschen konnten sich eben nicht lange unterhalten, ohne dass zwangsläufig genau die Themen zur Sprache kamen, die besser nicht angesprochen werden sollten. Und diese Themen waren erstens »Dämonenjagd«, zweitens »Dämonenjagd«, und drittens das beliebte Thema »Dämonenjagd«.

Schließlich hatte ihre Mutter sie buchstäblich zur Tür hinaus geschoben, damit sie endlich ihren obskuren Job erledigte.

Was Buffy immer noch als einigermaßen befremdlich empfand. Es wäre ihr lieber gewesen, ihre Mutter hätte niemals von ihrer zweiten Existenz erfahren. Es war so ...

Hinter ihr knackte ein Ast. Sie fuhr herum, ging aus der Bewegung heraus in Kampfposition. In einer Hand hielt sie den gezückten Pflock, bereit, blitzschnell zuzustoßen.

Doch da war nichts.

»Mann«, sagte eine Stimme, »du stehst aber mächtig unter Strom.«

Reflexartig sprang Buffy in die Richtung, aus der die Stimme kam, und – sah sich einem bestürzten und um ein Haar aufgespießten Xander gegenüber.

»Hey, hey, hey! Nimm das Ding runter, Buffy. Ich bin's nur.«

»Es hätte nicht viel gefehlt und dieses Ding, wie du es nennst, hätte Bekanntschaft mit deinem Innenleben gemacht!«

»Ja, ja. Ich weiß. Tut mir Leid. Aber ich habe zufällig mitbekommen, dass Will dich wegen Oz hängen gelassen hat, und da dachte ich, du könntest vielleicht ein wenig Gesellschaft gebrauchen. Und da bin ich – der Mann für einsame Stunden.«

»Cordelia hat dich versetzt, stimmt's?«

»Ausverkauf bei Neiman Marcus. Heute Abend in Cordelias Nähe zu sein, ist mit Sicherheit riskanter als Vampiren nachzustellen. Apropos Vampire – wie läuft's denn so?«

»Nichts. Nada. Außer ...«

»Außer *was*?«

Buffy schüttelte den Kopf. »Ich weiß nicht genau. Wahrscheinlich bin ich nur ein wenig überreizt. Aber ...«

»Aber *was*?«

»Ich werde einfach das Gefühl nicht los, dass ... irgendetwas ... ich weiß auch nicht ... eben, als ich ...«

»Bitte, Buffy, denk an meine Nerven. Könntest du vielleicht mal einen Satz zu Ende bringen?«

Buffy strich sich mit einer Hand fahrig durchs Haar. »Ich würd's dir ja gern genauer erklären, aber ich weiß selbst nicht, worüber ich hier eigentlich rede! Xander, ich weiß nur, dass hier draußen irgendetwas *ist*. Ich habe keine Ahnung, wer – oder was – das sein könnte. Und –«

Beide verspürten plötzlich einen Schauder im Nacken und wirbelten herum. Für den Bruchteil einer Sekunde war da tatsächlich etwas, in den dunklen Schatten nur als vager Umriss auszumachen. Etwas Großes. Und ohne jede Frage etwas Bedrohliches. Dann hörten sie ein Kichern. Ein schrilles, alles andere als freundliches Kichern.

»Was war das?«, brachte Xander heraus.

»Ich weiß es nicht«, stieß Buffy zwischen den Zähnen hervor. Sie verstärkte ihren Griff um den Pflock und stapfte los, fest entschlossen, es herauszufinden.

Doch was immer dort gewesen sein mochte, es war längst verschwunden.

2

Willow ließ ihre Blicke durch den Raum schweifen und stieß einen zufriedenen Seufzer aus. Nicht ein Geräusch drang an ihr Ohr. Sie hatte die morgendliche Stille in der Schulbibliothek immer geliebt. Alles war so ruhig, so friedlich, hier gab es niemanden, der sie unnötig in Verlegenheit brachte. Und über allem lag der angenehme und verheißungsvolle Geruch geduldig ihrer Entdeckung harrender Bücher.

Mit der Zeit, besonders nachdem Giles sich hier eingenistet hatte, war dieser Ort für sie zu einem zweiten Zuhause geworden. Genau genommen verbrachte sie hier sogar mehr Zeit als in ihren eigenen vier Wänden. Xander hatte Recht, man sollte hier einen kleinen Kühlschrank aufstellen. Für Getränke und so.

Der Gedanke an Xander gab ihr einen kleinen Stich. »Schluss damit«, tadelte sie sich selbst. Das war längst Schnee von gestern, aus und vorbei. »Ich bin mit Oz zusammen. Und ich bin glücklich mit ihm. Und Cordelia ist glücklich mit Xander. Glaube ich zumindest ...«

Nein. Stop. Dieser Gedanke führte eindeutig in die falsche Richtung. Sie sollte es genießen, mit Oz zusammen zu sein. Mit dem süßen, unerschüttlich optimistischen Oz.

Oz und seine Band. Seine Band, mit der er mehr und mehr Zeit verbrachte ...

»Die *Battle of the Bands*«, rief sie sich in Erinnerung. »Das ist alles. Danach wird es wieder wie früher sein.«

Willow nippte an dem Kräutertee, den Giles ihr eingegossen hatte. Nicht schlecht, dachte sie, aber ... Ihre Nase empfing den aromatischen Duft von Earl Grey, der am anderen Ende des Tisches in Giles' Tasse dampfte. Vielleicht sollte sie einfach ...

»Nein, Willow«, sagte Giles, der gerade rechtzeitig wieder auftauchte, um seinen Tee in Sicherheit zu bringen. »Ich möchte nur ungern Buffy erklären müssen, warum ich dir erlaubt habe, ein Aufputschmittel zu konsumieren.«

Er führte seine Tasse zum Mund, hielt auf halbem Wege inne und bedachte Willow mit einem argwöhnischen Blick.

»Was suchst du da eigentlich?«

»Nichts Bestimmtes.«

Natürlich war Giles nicht so naiv, darauf hereinzufallen. Er war schon zu lange an diesem Ort, um sich noch von irgendwelchen Unschuldsmienen beeindrucken zu lassen. Und schon gar nicht von Willows. Mit einigen schnellen Schritten umrundete der sonst eher diskrete Brite den Tisch und warf einen Blick über Willows Schulter auf den Monitor. Hastig schloss sie den Browser, doch Giles hatte bereits genug gesehen.

»Willow, ich dachte, das Thema wäre erledigt.«

»Sie haben gesagt, dass Sie mir die Bücher nicht ausleihen könnten. Davon, dass ich sie mir auch nicht auf anderem Wege besorgen dürfte, war nie die Rede.«

Giles stieß einen verzweifelten Seufzer aus. »Manchmal wünschte ich –«

Doch bevor der Wächter mit einer seiner gefürchteten Standpauken beginnen konnte, flog die Tür auf und Buffy stürzte herein, dicht gefolgt von Xander und Cordelia.

»Giles, wir haben ein Problem«, begann sie ohne Umschweife.

»Ein ziemlich großes sogar«, nickte Xander. Mit einem Satz schwang er sich auf den Buchausgabetresen, ließ die Beine baumeln und blickte erwartungsvoll in die Runde. Cordelia nahm am Tisch neben Willow Platz. Nur Buffy stakste unruhig auf und ab, viel zu aufgebracht, um sich hinzusetzen.

»Da war etwas auf dem Friedhof letzte Nacht«, erklärte sie dem Wächter. »Ich meine, etwas Ungewöhnliches. Und ganz gewiss keiner unserer üblichen toten Freunde. Irgendein großes, hässliches Etwas. Ich habe es nicht genau erkennen können, aber ganz ohne Frage hatte dieses Etwas es auf mich abgesehen. Zumindest hat es mich verfolgt. Und es hat ganz merkwürdig gekichert.«

»Irgendwie wiehernd«, versuchte Xander einen Beitrag zu leisten, doch die Blicke, die Buffy und Giles ihm zuwarfen, ließen ihn rasch wieder verstummen.

»Jedenfalls ein ziemlich bedrohlich wirkendes Kichern«, fuhr Buffy fort und konnte sich eines leichten Fröstelns nicht erwehren.

»Und es ging etwas wirklich Übles von ihm aus. Etwas Gieriges, Hungriges.«

»Interessant«, murmelte Giles. »Und du bist sicher, dass es kein Vampir war?«

Trotz ihrer Aufregung musste Buffy grinsen. Giles war ganz in seinem Element. Nichts auf der Welt vermochte ihn glücklicher zu machen als die Konfrontation mit bis dato unbekannten mysteriösen Phänomenen aus der Welt der Schatten und Monster. Sie senkte kurz den Blick, schloss in Gedanken eine Wette mit sich selbst ab und hob dann plötzlich den Kopf, fest davon überzeugt, das Bild, das vor ihrem inneren Auge entstanden war, bestätigt zu finden. Und richtig, da war sie – die klassische Giles'sche Denkerpose: Der Bibliothekar stand im Raum wie ein Fels in der Brandung, in der einen Hand die Brille und die andere in der Jackentasche versenkt.

»Ja«, sagte sie, »absolut sicher.«

»Und du hast wirklich nichts erkennen können?«, fragte Willow.

»Nicht mehr als einen vagen Umriss. Eigentlich habe ich es mehr gespürt als gesehen. Den ganzen Abend schon. Und auch schon in der vorherigen Nacht. Als wollte es mich verunsichern. Was immer es auch sein mag, es wird nicht einfach sein, ihm beizukommen.«

»Es hat dich lediglich verfolgt?«, hakte Giles nach. »Keinerlei feindselige Handlungen?«

»Ich finde das bereits feindselig genug.«

»Und es hat gekichert? Sei mir nicht böse, aber für mich klingt das verdächtig nach Unterstufenschülern«, meinte Cordelia und rümpfte die Nase.

»Ich bitte dich, Cordelia!«, protestierte Xander. »Wir haben hier ein ernstes Problem.«

»Ich möchte dir ja nur ungern widersprechen, Xander«, mischte sich Giles ein, »aber ich fürchte, ich muss Cordelia Recht geben.«

»Echt?«, entfuhr es Cordelia und sie starrte Giles verdutzt an. Dann fiel ihr ein, dass eine derartige Reaktion ganz und gar nicht zu dem Image des coolsten Mädchens der Schule passte. Lässig lehnte sie sich zurück und betrachtete gleichmütig ihre Fingernägel.

»Ja, echt. Buffy, du weißt, dass ich deine Eingebungen für gewöhnlich sehr ernst nehme, doch ich kann beim besten Willen keine ...«

»Giles. Vertrauen Sie mir, okay?«

»Na schön. Einverstanden.« Vom einen Augenblick auf den nächsten war er ganz bei der Sache. »Zunächst einmal können wir, denke ich, in Anbetracht deiner sensiblen Reaktion davon ausgehen, dass wir es mit einem übernatürlichen Wesen zu tun haben. Darauf aufbauend sollten wir nach weiteren Anhaltspunkten suchen. Also, was haben wir alles?«

»Kichern«, schlug Xander vor.

»Hinterhältiges Heranschleichen«, fügte Willow hinzu und gab bereits die entsprechenden Schlüsselbegriffe in die Suchmaschine ein.

Giles nickte. »Par préférence bei Nacht.«

Xander schaute ihn verwundert an. »Parprefe*was*?«

»Es ist nachtaktiv«, half Willow aus.

Cordelia hob den Blick von ihren Fingernägeln. »Und was ist daran jetzt so besonders? Ich meine, wir sind hier in Sunnydale, schon vergessen?«

Einen Moment lang herrschte Schweigen. Schließlich sagte Giles: »Nun, ich würde vorschlagen, ihr begebt euch erst einmal in eure Unterrichtsräume. In der Zwischenzeit werde ich einige Recherchen anstellen über ...«

Er stockte und Buffy vollendete für ihn den Satz: »... über irgendetwas, das sich nachts herumtreibt und kichert. Genau.«

Einmal mehr war die Mensa erfüllt vom sattsam bekannten Geruch nach Hackbraten.

»Warum müssen die das mit dem ›Hack‹ nur so wörtlich nehmen«, nörgelte Xander und stocherte mit einem Löffel misstrauisch in seinem Essen herum. »Es kann doch nicht so schwierig sein, so etwas in optisch ansprechenderer Form zuzubereiten. Weiß der Geier, woraus sie das Zeug hier gemacht haben.«

Draußen ging ein feiner Nieselregen nieder, ein deprimierender und trostloser Anblick, der jegliche Lust auf einen Spaziergang über den Campus im Keim erstickte.

»Dieser Fraß könnte einen selbst bei einem Tornado auf die Straße treiben, um einen BigMac zu holen.«

»Du nervst«, fuhr Cordelia ihn gereizt an. »Lass es halt stehen. Und hör vor allem mit diesem Herumgestocher auf. Warum hast du es überhaupt erst genommen?«

»Wissenschaftliche Neugier?«

Er hielt ihr seinen vollen Löffel unter die Nase. Mit einem angeekelten Quieken sprang sie auf und versetzte ihm einen derben Schlag gegen die Schulter.

»Xander. Lass sie in Ruhe«, sagte Buffy, selbst ihr Essen lustlos auf dem Teller hin und her schiebend. Sie machte ein verblüfftes Gesicht. »Hab ich das gerade gesagt?«

»*Was* gesagt? Hallo miteinander.« Oz tauchte aus der Menge von Oberstufenschülern auf, die nach Ablauf der siebten Stunde wie eine ausgehungerte Meute in die Mensa strömte. Er beugte sich zu Willow herab und drückte ihr einen Kuss in den Nacken.

»Hey!« Sie schenkte ihm ein strahlendes Lächeln. »Ich dachte, du hättest keine Zeit.«

»Hab ich auch nicht. Harte Zeiten, Baby. Kein Essen. Keine Freizeit. Nur Proben, Proben und noch mal Proben.«

»Und? Kommt ihr wenigstens voran?«

»Bis jetzt ganz gut ... man kann es zumindest nicht mehr als Körperverletzung bezeichnen, wenn man von meinen malträtierten Händen einmal absieht.« Er gab eine kurze Probe seiner Künste als Luftgitarrist und endete in einem ungestümen imaginären Riff. »Die einzige Erholungspause, die ich meinen Fingern gönne, ist die Zeit zwischen dem Schlussakkord des einen und dem Anzählen des nächsten Songs.«

Cordelia drängte sich rasch wieder auf ihren Stuhl, bevor Oz eingedenk seines aufopfernden körperlichen Einsatzes auf die Idee kam sich hinzusetzen – was Buffy hinreichend Deckung verschaffte, um eine Fritte von Xanders Teller zu klauen. »Ist dir eigentlich schon aufgefallen, dass es hier neuerdings von Musikern nur so wimmelt? Oder«, fügte sie hinzu, »von Wichtigtuern, die es gerne sein möchten. Ich meine, guck dir doch nur mal diese komischen Typen da hinten in der Ecke an.«

»*Krazy Klowns*«, klärte Oz sie auf. »So heißt ihre Band«, beeilte er sich hinzuzufügen, bevor Xander seinen Kommentar loswerden konnte. »Du weißt doch, an dem Wettbewerb können High-School-Bands aus dem ganzen Bezirk teilnehmen. Hier den ersten Preis zu machen bedeutet vor allem Medienaufmerksamkeit. Lokale Rundfunksender und Tageszeitungen werden darüber berichten. Und wer weiß ...«, Oz zuckte mit den Schultern, »na ja, es ist nur ein Gerücht, aber man munkelt, dass auch die Vertreter diverser Plattenlabel hier auftauchen werden.«

»Irre!«, rief Willow begeistert aus.

»Wie gesagt, nur ein Gerücht. Zugegeben, Buffy, hier rennen jede Menge Möchtegerntalente herum, mit Garagenbands, die ihre Garagen besser niemals verlassen hätten. Aber es gibt auch einige Gruppen, die wirklich gut sind, echte Konkurrenz für uns. Zum Beispiel *White Star Express* oder die *Wizard Cats.* Und gerade eben musste ich mich durch *Don't Quit Your Day Job* nebst eigenem Fanklub hindurchkämpfen.« Er zuckte abermals mit den Achseln. »Aber was soll's. So ist das eben.«

»Glaubt ihr, ihr habt eine Chance?«

»Nicht gar keine Chance, aber auch keine gute Chance. Eine Chance.«

»Ein Glück, dass das ganze Spektakel nicht bei Vollmond stattfindet«, bemerkte Cordelia. »Tut es doch nicht, oder?« Sie sah Willow an.

»Nein. Das haben wir gecheckt.«

»Wie auch immer«, sagte Oz, »ich muss los.«

»Los? Du bist doch gerade erst gekommen!«, protestierte seine rothaarige Muse.

»Ich muss. Leider. Es bringt Devon schon fast um den Verstand, dass ich an drei Abenden im Monat nicht proben kann. Und wir brauchen wirklich jede Minute.«

Mit einem verärgerten Stirnrunzeln blickte Willow ihm hinterher, als er wieder in die Menge eintauchte.

»Das ist der Nachteil, wenn man mit einem Musiker liiert ist, Will«, sagte Buffy voller Mitgefühl.

»Ja, wohl wahr.« Doch dann hellte sich ihre Miene schlagartig auf. »Andererseits, es ist ja nicht so, als hätten wir uns nicht selbst um einiges zu kümmern. Um dieses kichernde Friedhofsmonster zum Beispiel. Ich denke, da wartet ein Haufen Arbeit auf uns.«

»Na super. Das wird bestimmt ein Riesenspaß werden, Will«, frotzelte Xander, während er seine Pommes vor dem Zugriff der Jägerin in Sicherheit zu bringen versuchte.

»Sie hat Recht«, sagte Buffy und zog angesichts seiner Präventivmaßnahme eine Grimasse. »Wir sollten der Sache unbedingt auf den Grund gehen. Ich habe keine Lust, meine Nächte damit zu verbringen, mich alle Nase lang umzudrehen und nach irgendwas Unheimlichem Ausschau zu halten, während ich eigentlich Ghoule pfählen sollte.«

»Ghoule, sind das nicht diese untoten Fieslinge, die ihre Opfer verspeisen, anstatt ihnen das Blut auszusaugen?«

Alle starrten Cordelia entgeistert an, die augenblicklich in die Defensive ging. »Was gibt's da zu glotzen? Ihr wart mit euren

Recherchen beschäftigt. Ich brauchte etwas zum Lesen.« Sie machte eine Pause. »Und Giles hat, wie ihr wisst, ein paar wirklich dicke Wälzer in seiner Bibliothek.«

Willow schob ihr Tablett zur Seite und beugte sich nach vorn. »Okay. Wenn es nur nachts auf die Jagd geht, wie Giles annimmt, haben wir zumindest ausreichend Zeit, uns unsere Schritte in Ruhe zu überlegen. Richtig?«

»Richtig«, stimmte Xander zu.

»Nicht unbedingt«, widersprach Cordelia. »Ich meine, bloß weil Buffy dieses Ding, oder wie immer man es nennen will, bisher nur nachts bemerkt hat, bedeutet das noch lange nicht, dass es nicht auch zu anderen Zeiten unterwegs ist. Gesetzt den Fall, es ist tatsächlich hinter Buffy her, dann wäre es durchaus denkbar, dass es sein Jagdverhalten den Gewohnheiten des Opfers anpasst. Denn das würde es dem Ding wesentlich leichter machen, seine Beute zu fassen zu kriegen.«

»Vielen Dank, Cordelia. Das beruhigt mich ungemein.«

»Meine Güte. Kein Grund, gleich so ironisch zu werden. Ich meine, denk doch mal nach. Du rennst Nacht für Nacht durch die Gegend und murkst irgendwelche Monster ab. Warum sollte nicht einmal eines von ihnen auf die Idee kommen, den Spieß umzudrehen?«

»Cordelia!«, riefen Xander und Willow wie aus einem Munde.

»Sorry«, entschuldigte sie sich, wenngleich wenig überzeugend. »Aber denkt mal darüber nach –«

»Pssst!«, zischte Willow, als zwei der Lehramtsanwärter – die hoch gewachsene, dürre junge Frau und der einzige männliche Teilnehmer in der Gruppe, ein eigentlich ganz niedlicher Typ, wenn man von seinem Lehrergehabe absah – mit ihren Tabletts die freien Plätze am anderen Ende des Tisches ansteuerten.

»Sitzt hier schon jemand?«, fragte der Student.

»Äh, nein.« Willow warf den anderen hilflose und entschuldigende Blicke zu, doch was hätte sie schon anderes antworten können?

Ohne die zweifelsohne weit unter ihnen stehenden High-School-Schüler eines weiteren Blickes oder gar Wortes zu würdigen, setzten die Schulpraktikanten ihre Unterhaltung fort, die fast ausschließlich aus Satzfetzen wie »Also habe ich ihm gesagt« oder »Unlängst habe ich gehört« und solch weltbewegenden Fragen wie »Was hat er in Differenzialrechnen?« bestand.

»Ich glaube, wir sollten unser Gespräch besser irgendwo anders fortsetzen«, murmelte Buffy und schielte mit sichtlichem Unbehagen zu den Neuankömmlingen hinüber. Auch wenn sie keine Lehrer waren, so wollten sie doch welche werden.

Daneben wirkte ein mitternächtlicher Beutejäger, der verrückt kichernd durchs Gelände tapste, geradezu normal.

Draußen hatte der Nieselregen einem wahren Wolkenbruch Platz gemacht, der Himmel sich verfinstert und Sunnydale in nachtgleiche Dunkelheit getaucht. Die Kreatur kümmerte das nicht. Obschon die Dunkelheit, nach ungezählten Jahrhunderten eines Daseins in tiefen und finsteren Höhlen, seinen Augen wohl tat, konnte auch das helle Licht des Tages ihrem Hunger nach Beute keinen Einhalt gebieten. Einen Augenblick verharrte sie bewegungslos an der Außenmauer des großen Gebäudes, das Fell vom Regen platt am Körper, atmete die kalte und feuchte Luft ein und spähte hinaus in das zwielichtige Halbdunkel, das ihre Blicke mühelos zu durchdringen vermochten.

Ein wohliger Schauer durchfuhr das Wesen. Der Regen war belebend und die Luft erfüllt von dem Zirpen und Rascheln des kleineren Getiers, das sich tiefer in den Schutz der Büsche und Sträucher zurückgezogen hatte. Das Gras unter seinen ziegenhufartigen Füßen war kühl, der regendurchtränkte Boden weich und angenehm. Ein Kichern drang aus seiner Kehle, leise, erwartungsfroh.

Ein guter Ort, dachte die Kreatur. Diese Stadt war voller Leben, voller Menschen, die nur darauf warteten, von ihm ausgesaugt zu werden ...

Nein. So verführerisch der Gedanke auch sein mochte, die Pirsch nicht länger hinauszuzögern, und mit ihr die Freude an den Qualen der Beute, so sehr das Verlangen auch wuchs, endlich dem ersten Opfer die Lebenskraft zu entziehen – all das musste warten. Noch war die Zeit nicht gekommen.

Es gab etwas, das wichtiger war als alle Jagdlust und Aussicht auf leichten Fang. Sie musste mehr über dieses eine Menschenkind in Erfahrung bringen ... dieses Mädchen, das ihr in der Dunkelheit begegnet war, ohne jede Furcht und umgeben von einer faszinierenden Aura des Übernatürlichen.

So wie jetzt, in dieser Höhle aus Stein und Metall. Aber die Menschenfrau würde nicht für immer dort bleiben. Nein, nicht für immer ...

Mit einem kaum vernehmbaren Glucksen ließ die Kreatur sich nieder, um zu warten.

Zu warten, um dann mit der Jagd zu beginnen.

Alles diente der Jagd.

Und damit der Nahrungsbeschaffung.

3

Es hatte etwas höchst Befriedigendes, genau dort aufzutauchen, wo man am wenigsten erwartet wurde. Ethan Rayne hätte auf Anhieb eine ganze Reihe von Orten rund um den Globus nennen können, an denen er alles andere als willkommen war, doch keiner dieser Orte übte auf ihn eine ähnliche Anziehungskraft aus wie dieses unattraktive, gleichwohl mit einem unvergleichlichen Flair des Übersinnlichen gesegnete Nest Sunnydale.

Er atmete tief die feuchtkalte Morgenluft ein und beobachtete, wie über den Hügeln, die den östlichen Horizont begrenzten, die Sonne aufstieg, um den Tau und die letzten Pfützen des Vortags zu trocknen. Ethan hielt es für ratsam, die nähere Umgebung der High-School zunächst zu meiden. Vampire mochten ja noch angehen, so lästig sie auch waren, doch dieser reizenden, aber mitunter etwas hitzköpfigen Jägerin über den Weg zu laufen, wollte er auf keinen Fall riskieren.

»Vorläufig jedenfalls«, sagte er zu sich selbst und ein hämisches Grinsen umspielte seine Lippen.

Noch hatte er keine klare Vorstellung davon, auf welche Weise er der Jägerin und natürlich ihrem ebenso langweiligen wie nervtötenden Wächter diesmal das Leben schwer machen sollte.

Genau das Richtige, um die paar Tage zu überbrücken, bevor er sich zu seinem Treffen nach Los Angeles begab. Es war immer wieder ein äußerst angenehmer Zeitvertreib, etwas auszuhecken, womit er seinen alten Kumpel Rupert um die wohlverdiente Nachtruhe bringen konnte.

Erfüllt von so erfreulichen Gedanken streckte Ethan ein letztes Mal die verspannten Arme und Beine und öffnete die Fahrertür seines Mietwagens. Doch als er noch einmal in die zunehmend an Kraft gewinnende Sonne blinzelte, ließ ihn etwas innehalten. Aus den

Augenwinkeln heraus hatte er in den hohen Büschen am Straßenrand eine plötzliche Bewegung wahrgenommen. Er blinzelte abermals. Nichts. Doch die Erfahrung hatte Ethan gelehrt, sich niemals allein auf seine fünf Sinne zu verlassen. Und sein sechster Sinn übermittelte ihm soeben eine überwältigende Woge maliziöser Zufriedenheit, deren Quelle sich ganz eindeutig, was immer es auch gewesen sein mochte, bis vor wenigen Sekunden noch in jenen wild wachsenden Büschen befunden hatte.

»Aha«, murmelte Ethan, nachdem er sich vergewissert hatte, dass das, was seine Aufmerksamkeit auf sich gelenkt hatte, auch tatsächlich verschwunden war. »Das könnte interessant werden ...«

Angewandte Biologie war nicht gerade einer von Willow Rosenbergs Lieblingskursen. Aber immerhin war es interessant, zumindest manchmal, und seit sie, anstatt wie die anderen Schweineföten zu sezieren, mit einer Computersimulation arbeiten durfte, fand sie den Unterricht einigermaßen erträglich. Ebenso wie den Kursleiter, ein zu Fettleibigkeit neigender Gemütsmensch, etwa in Giles' Alter, und im Großen und Ganzen das, was man gemeinhin einen ganz annehmbaren Lehrer nannte.

Trotzdem war es immer noch Unterricht, und trotzdem fühlte sie sich wie ein Versuchskaninchen.

Hinter sich hörte Willow einen der Jungs flüstern. »Was meint ihr? Wenn wir alle unsere Stühle zur Wand ausrichten und die Tapete anstarren, schreibt sie sich das wohl auch auf?«

Mit »sie« war eine der Lehramtsanwärterinnen gemeint – die LA's, wie Xander sie nannte –, eine dunkelhaarige junge Frau ... Sheila *Sowieso* ..., die direkt neben Willows Tisch Platz genommen hatte und sich unermüdlich Notizen machte. Der Fairness halber musste man jedoch einräumen, dass es ohnehin wenig Sinnvolleres zu tun gab.

»Also gut, wollen mal sehen, wer von euch seine Hausaufgaben gemacht hat.« Der Lehrer betätigte die Fernbedienung des Diaprojektors und ein neues Bild erschien auf der Leinwand. Es zeigte die Großaufnahme eines Gebildes, dessen Farbe man mit viel Wohlwollen als Weiß bezeichnen konnte, mit vage erkennbarer spiralförmiger Struktur. Willow fröstelte. Irgendetwas daran kam ihr bekannt vor. Was, in drei Teufels Namen, *war* das ...?

»Irgendwelche Wortmeldungen? Nein? Kommt schon, Leute,

benutzt euren Verstand mal zu etwas anderem als dazu, die Löcher in den Deckenpaneelen zu zählen.«

Schweigen. Dann eine unbekannte Stimme.

»Das Horn eines Einhorns?«

Alle wandten sich um und starrten auf die Sprecherin – Sheila. Die Hospitantin bekam einen hochroten Kopf und heftete ihren Blick auf den Boden, als habe sie nur mehr den einen Wunsch, dass sich eben in diesem Moment zu ihren Füßen ein großes schwarzes Loch auftun und sie auf immer und ewig verschlingen möge. Doch der Biologielehrer schien tatsächlich amüsiert.

»Fast getroffen. Aber eben leider nur fast«, richtete er das Wort an sie. »Was wir hier sehen, ist der Teil eines Narwalhorns, ein langer Auswuchs am Kopf des – nun, ihr werdet es bestimmt schon erraten haben – richtig, des Narwals. Es geschieht nicht selten, dass es als das Horn eines Einhorns ausgegeben wird, und abergläubische Menschen behaupten sogar, es besitze magische Kräfte. Doch Spaß beiseite. Wer von euch kann mir sagen, wozu ein Walfisch ein Horn benötigt?«

Willow schaute erneut auf die Diaprojektion, dann auf die Studentin, der immer noch die Schamesröte im Gesicht stand. Sie war sich sicher, ein solches Horn schon einmal gesehen zu haben, und zwar als Zeichnung in einem von Giles' schlauen Büchern. Und ebenso sicher war sie, dass darunter »Horn eines Einhorns« gestanden hatte, darauf würde sie ihren nagelneuen Laptop verwetten.

Aber wie war Sheila bloß darauf gekommen? Überrascht über ihre eigene Courage fragte Willow sie mit gedämpfter Stimme: »Entschuldigung, dieses, äh, Narwalhorn –?«

»Natürlich ist es ein Narwalhorn!« Die Röte in ihrem Gesicht wurde um eine Nuance tiefer. »Ich wollte lediglich … na ja, ich habe halt von diesen Geschichten gehört, diesem Unfug, den sich manche Leute so reinziehen. Das ist alles.«

Indem sie ihre Unterlagen zu einem ordentlichen Stapel zusammenschob, wandte sie ihre Aufmerksamkeit demonstrativ wieder dem Lehrer zu.

Mathe an sich war schon schlimm genug, doch die Art und Weise, wie Ms. Sanderson einen ansah, als sei man ein besonders hässliches Insekt, ließ den Unterricht zu einer wahren Tortur werden.

Aber das war wohl noch nicht schlimm genug. Jetzt spürte sie auch noch C.B.s Atem auf ihrer Wange. Der ach so hilfsbereite Lehramtsstudent C.B., der Typ, der die Dreistigkeit besessen hatte, sich in einem vollen Klassenraum ausgerechnet direkt neben sie zu setzen, und dies nicht etwa, weil er dem lautstarken Drängen seiner Hormone folgte. Nein, C.B.'s Interesse – wie hatte sie jemals so verblendet sein können, ihn süß zu finden – galt einzig und allein der Demonstration seiner wirklich beeindruckenden mathematischen Kenntnisse – und dem Beweis ihrer eigenen Inkompetenz.

Doch seine Rechnung enthielt einen entscheidenden Schwachpunkt: den Faktor »Buffy«. Die Jägerin hob den Blick und sah ihm in die Augen. Unverzüglich setzte C.B. sein schönstes Lächeln Marke »Kann ich dir helfen, du dummes kleines Mädchen?« auf, welches Buffy sogleich mit einem nicht weniger beflissenen Lächeln der Kategorie »Ich wünschte, ich hätte einen Pflock« quittierte.

Bingo! Er straffte sich, hob die Augenbrauen und wandte sich einem anderen Schüler zu, den er mit seinem Wissen beglücken konnte.

Eins zu null für die Jägerin.

Genau genommen sogar zwei zu null, denn zu ihrem eigenen Erstaunen wusste sie zudem die Lösung der nächsten Aufgabe. Mit ein wenig Glück würde sie auch den Rest der Stunde unbeschadet überstehen. Und vielleicht würde C.B. das ebenfalls.

Genau in diesem Moment ertönte das Klingelzeichen und läutete die Mittagspause und damit das Ende der Stunde ein. Hastig klaubte Buffy ihre Sachen zusammen, war schon zur Tür hinaus, bevor Ms. Sanderson – oder C.B. - noch irgendetwas sagen konnte.

Mittagszeit, dachte sie. Für die meisten Schüler bedeutete das eine warme Mahlzeit und ein wenig Tratsch unter Freunden. Normalität eben. Nicht, dass das etwas war, woran sie persönlich sich erinnern konnte, aber ... *Ja genau*, schalt sie sich selbst, *nur weiter so, gib dir den Rest.*

Sie registrierte Xander, der sich ihr unauffällig angeschlossen hatte, und ohne hinzusehen wusste sie, dass Willow an ihrer anderen Seite ging. Wie in alten Zeiten.

»Das ist ja vielleicht hässlich ... Ich kann einfach nicht glauben, dass sie sich in solchen Klamotten auf die Straße traut.«

Okay, nicht ganz, korrigierte sich Buffy. Früher hatten sie nicht ständig Cordelia im Schlepptau gehabt. Obwohl diese in letzter Zeit ein wenig gesetzter schien, eine Metamorphose, die Buffy bisweilen seltsamer fand als den Höllenschlund selbst.

»Wie sieht's aus? Verbringen wir die Mittagspause in der Bibliothek?«, fragte Xander.

»Haben wir jemals etwas anderes gemacht?«, gab sie zurück und fühlte sich plötzlich mit der Welt versöhnt. Giles würde sie dort erwarten, seine Nase tief vergraben in eines der Bücher, in dem die Antworten auf all ihre Fragen zu finden waren. Sie würden herausfinden, was für eine sonderbare Kreatur seit neuestem dort draußen ihr Unwesen trieb, ihr einige Manieren beibringen und schließlich wieder zur Tagesordnung übergehen – Vampire jagen, noch mal Vampire jagen ... und Partys feiern. Das Leben war schön.

Mehr oder weniger, räumte sie ein, als sie einen mittlerweile vertrauten Schatten vor ihnen in die Bibliothek huschen sah. »Was veranstalten die hier eigentlich? Ein Wettrennen? Eine Art Hase-und-Igel-Spiel?«

Diese Invasion der Studenten wurde allmählich lästig. Man konnte auf dem gesamten Campus keinen einzigen Schritt mehr tun, ohne über einen von ihnen zu stolpern, was an sich schon schlimm genug war. Doch die Bibliothek schienen sie zu einer Art Hauptquartier erkoren zu haben.

Am schlimmsten jedoch war, dass sie alle so ... *nett* waren. Von einigen kannte Buffy bereits die Namen: Rebecca, die mit ihren Kurven dafür gesorgt hatte, dass Xander Stielaugen bekam, der Oberschlaumeier C.B., der als der einzige männliche Seminarteilnehmer dafür gesorgt hatte, dass in diese Stielaugen ein Anflug von Eifersucht trat, und Elaine, die die Wortführerin der Gruppe zu sein schien. Und natürlich Miriam, mit ihren großen braunen Augen, bei denen man nie genau wusste, ob aus ihnen Koketterie oder reiner Zynismus sprach. Miriam war auch der angebliche Grund dafür, dass die Studenten sich während der Pausen vorzugsweise in der Bibliothek versammelten, denn sie war der einzige Ort, der weiträumig genug war, um auch einer Rollstuhlfahrerin hinreichend Bewegungsfreiheit zu gewähren. Anders als die Cafeteria, die ohnehin morgens dem Fechtteam und nachmittags dem Schachklub gehörte.

Man sollte meinen, dies sei eine völlig normale Schule, dachte Buffy.

Was die Begründung für die Besetzung der Bibliothek anbelangte, so hatte Buffy ihre eigenen Vermutungen hinsichtlich der Anziehungskraft, die dieser Hort des Wissens auf einige der unliebsamen Besucher ausübte ...

So konnte der Anblick, der sich Buffy und ihren Freunden bot, als sie die Bibliothek betraten, nicht weiter überraschen – *ta-da*, da sind wir wieder. Regiment beinahe vollständig angetreten. Vier von sechs LA's melden sich ordnungsgemäß zum Rapport.

Willow stieß einen Seufzer aus. »Ich habe mich immer schon gefragt, wie es wohl aussehen mag, wenn eine Bibliothek tatsächlich genutzt wird. Wegen der Bücher genutzt wird.«

»Ich schätze, dass sich ihr Interesse für Bücher in Grenzen hält, Will«, entgegnete Buffy trocken. »Was man von ihrer regen Anteilnahme an unserem wandelnden Lexikon dort nicht behaupten kann.«

Giles stand an dem großen Tisch in der Mitte des Raumes und war offensichtlich verstrickt in die Beantwortung einer weiteren Frage aus dem Munde einer der Studentinnen, die sich dort breit gemacht hatten.

»Okay, Leute, Zeit, uns eine neue Operationsbasis zu suchen.«

Wie auf Kommando änderten die vier Schüler den Kurs und steuerten zielstrebig auf den einzigen verbleibenden Ort zu, an dem sie sicher und ungestört ihre Jägerteam-Versammlung abhalten konnten – Giles' Büro. Im Vorübergehen verdrehte Buffy den Hals und versuchte an Giles vorbeizuspähen. Sie kicherte verhalten in sich hinein. Wie kaum anders zu erwarten, saß dort Miriam und klimperte ebenso gelehrig wie aufreizend mit den Wimpern ihrer großen braunen Augen. Giles indes schien sich der Gefahr, in der er schwebte, gar nicht bewusst zu sein.

»Abartig!«, empörte sich Cordelia. »Ich meine, habt ihr gesehen, wie diese Ischen sich an Giles heranschmeißen?« Sie nahm an Giles' Schreibtisch Platz, bemüht, angesichts des großen, in Leder gebundenen Buches, das aufgeschlagen vor ihr lag und zur Indiskretion einlud, den Eindruck von Gleichgültigkeit zu wahren. »Immerhin ist er ein ganzes Stück älter als sie und er hat das lahmste Auto aller Zeiten. Wie viel verdient so ein Bibliothekar eigentlich?«

»Alte Männer mit Sportwagen und einem fetten Konto sind demnach okay?« Xander wich vor den wütenden Blicken dreier Augenpaare einen Schritt zurück. »Tschuldigung. Ich versuche lediglich, mit meinem männlichen Erbsenhirn die Gesetzmäßigkeiten femininen Verhaltens zu begreifen, das ist alles.«

Schnaubend schlug Cordelia in dem Buch die nächste Seite auf und betrachtete sie etwas zu lang für jemanden, der sich für das, was dort zu lesen war, nicht im Entferntesten interessierte. Die anderen versuchten es sich zwischen den Stapeln von Büchern und all dem Krimskrams, mit dem Giles sein Büro voll gestopft hatte, so bequem wie möglich zu machen.

»Mann, warum nimmt er den ganzen Krempel nicht einfach mit nach Hause?«, schimpfte Xander, während er sich hinzusetzen versuchte, ohne irgendetwas umzustoßen.

»Ich schätze, er braucht das alles für seine Recherchen«, antwortete Willow, die mit ihrer zierlichen Figur auf weitaus weniger Probleme stieß als Xander. Buffy betrat als Letzte den Raum und musste mit dem Fußboden in einer freien Ecke vorlieb nehmen. Geschmeidig ließ sie sich mit überkreuzten Beinen niedersinken und lehnte sich vorsichtig gegen eines der Regale. Nachdem die erwartete Bücherlawine ausblieb, atmete sie erleichtert auf und nahm jene Haltung ein, die Giles ihren »Stand-by-Modus« nannte: alles um sich herum wahrnehmend, ohne dabei die Aufmerksamkeit auf etwas Bestimmtes zu richten. Ganz nebenbei eine äußerst effektive Methode, während langweiliger Unterrichtsstunden zumindest ein wenig abzuschalten, wenn man schon kein Nickerchen machen durfte.

»Trotzdem. Ich verstehe nicht, wieso –«

Das übliche Geplänkel zwischen den beiden wurde für Buffy zu einer Geräuschkulisse im Hintergrund und sie genoss einen der für sie so seltenen Momente der Entspannung. Hier war sie sicher. Hier *konnte* sie entspannen …

Ein kaum hörbarer Piepston drang in ihr Bewusstsein und rief sie aus ihrer Versunkenheit: Ein Statusfenster auf dem Screen von Willows Laptop hatte sich geöffnet und zeigte eine Liste der Suchergebnisse an. Wenige Tastaturbefehle später war Willow bereits in einen Text vertieft. Buffy beugte sich vor, versuchte aus der Webside schlau zu werden, doch das Einzige, was sie erkennen konnte, waren lange Worte in winzigen Buchstaben. Sie gab den Versuch auf.

»Es sollte verboten werden, so viel auf eine Seite zu packen«, beschwerte sie sich. Sie lehnte sich wieder zurück, kramte eine Zeitschrift aus ihrem Rucksack hervor und begann gelangweilt darin herumzublättern.

»Hm-hm«, stimmte Willow ihr zu, die zweifellos mit ihren Gedanken ganz woanders war.

»Wir haben sie wieder verloren«, konstatierte Xander. Für ein paar

Minuten herrschte Stille, nur unterbrochen von dem Klappern der Tastatur und dem Rascheln von Illustriertenseiten.

»Hier steht, dass Leonardo etliche Kilos zugelegt haben soll«, warf Buffy schließlich in den Raum, während sie eines der Fotos studierte, »aber ich finde, er sieht nach wie vor ganz okay aus.«

»Okay«, echote Willow abwesend.

»Ein hübsches Kind.«

»Hm-hm.«

»Gib's auf, Buff. Sie hört dich nicht. Zielstrebig wie eine Pershing – unsere Willow, wenn sie einer großen Sache auf der Spur ist.«

In der Zwischenzeit hatte Giles auch die letzten Fragen einer bemerkenswert hartnäckigen Studentin – einer Blondine, die die Angewohnheit hatte, ihren Namen so sehr zu nuscheln, dass niemand ihn verstehen konnte – zu deren Zufriedenheit beantwortet und sich so aus ihrem Würgegriff befreit. Als er das Büro betrat, bedachte er Xander, der das Mobiliar aus Gründen der Bequemlichkeit auf ungebührliche Weise zweckentfremdet hatte, mit missbilligenden Blicken. Hastig nahm Xander die Füße vom Tisch und setzte sich aufrecht hin.

»Vielen Dank«, sagte Giles, sichtlich bemüht, nicht auf Willow zu treten, die im Schneidersitz auf dem Boden kauerte. Glücklich an seinem Schreibtisch angelangt, gab er Cordelia mit einem unmissverständlichen Blick zu verstehen, dass sie den Platz augenblicklich zu räumen hatte. Dann ließ er sich in seinen Arbeitssessel sinken und griff nach einem kleinen roten Buch. Er schlug es zielsicher auf und hielt es, einen Finger zwischen den Seiten, den vier Schülern entgegen.

»Ich glaube, ich habe hier möglicherweise die Antwort auf –«

»Ich hab's!«, verkündete in diesem Moment Willow, die Hände immer noch über der Tastatur. »Oh.« Sie schaute den Bibliothekar verwundert an. »Entschuldigung, Giles. Aber dieses Monster, das Buffy gesehen hat. Ich bin sicher, es war ein Korred. Eine ...«

»... ziemlich hässliche Kreatur aus der Mythologie Südenglands, genau. Braunes Fell, hufbewehrte Füße und rote Augen. Alles in allem kein Vertrauen erweckender Zeitgenosse.«

Der Gedanke schien ihn beinahe zu belustigen. Ein Hoch auf die Wissenschaft, dachte Buffy, nicht ganz so belustigt. Das alles klang für sie nicht nach einem Problem, das durch einen kleinen Klaps mit einer zusammengerollten Zeitung aus der Welt zu schaffen war.

»Und außerdem ausgesprochen hartnäckig, fürchte ich.«

Natürlich, was auch sonst? Wann war in ihrem Leben jemals etwas einfach gewesen? Buffys Stimmungsbarometer sank rapide ab.

Willow, die hinter Giles nicht zurückstehen wollte, zitierte von ihrem Bildschirm: »Von Haus aus zu Bösartigkeit neigend und getrieben von einer nahezu unstillbaren Neugierde auf Menschen, pirscht er sich an seine Beute heran und ...«

»Und *was*?«, hakte Buffy nach. »Will? Giles? Kommt zur Sache. Ich bin im Augenblick wirklich nicht in Stimmung für solche Spielchen.«

»Und zwingt sie zu tanzen«, setzte Giles widerstrebend Willows Ausführungen fort.

»Tanzen? Was soll daran gefährlich sein?«

»Bis zum Exitus.«

»Oh.«

Cordelia öffnete den Mund, um etwas zu sagen, doch ein höfliches Räuspern an der Tür ließ sie ihn sofort wieder schließen. Giles hastete an ihr vorbei und wäre um ein Haar in Rebecca hineingerannt, die erschrocken einige Schritte zurücktaumelte. »Tut mir Leid«, entschuldigte sich die Studentin in wenig überzeugendem Tonfall. »Ich wollte nur fragen, ob Sie noch ein Exemplar der *Grundlagen der Mathematik* für das zweite Unterrichtsjahr besitzen. Meines ist wohl ein Fehldruck – es fehlt ein ganzes Kapitel.«

Giles benötigte einige Augenblicke, um wieder in seine Rolle als mustergültiger Schulbibliothekar hineinzufinden. »Äh, ja, natürlich. Im Hinterzimmer müsste noch eines sein. Bitte entschuldigt mich einen Moment«, fügte er an Buffy und die anderen gewandt hinzu. »Ja«, wiederholte er, den Blick wieder auf Rebecca gerichtet. »Hier entlang, bitte. Ich werde Ihnen ein Exemplar holen.«

Rebecca schenkte Giles ein honigsüßes Lächeln und folgte ihm artig.

»Allmählich beginne ich diese Bagage zu hassen«, machte Buffy ihrem Ärger Luft.

»Da wir gerade davon reden«, sagte Willow. »Heute im Unterricht ist etwas Merkwürdiges passiert. Eine dieser Lehramtsstudentinnen, diese Dunkelhaarige, nicht Elaine ... Sheila *Irgendwie* ... sie wusste, dass das Horn, das Mr. van Deusen uns gezeigt hat, von einem Einhorn stammte.«

»Mr. van Deusen hat ein Einhorn-Horn?«, fragte Xander staunend. »Wahnsinn. Ich fand es ja immer schon etwas befremdlich, dass er so gut wie niemals das Haus verlässt, aber –«

»Ein Bild davon. Er behauptete, es sei ein Narwalhorn, aber das war es nicht. Und sie wusste das.«

»Willow, es gibt keine –« Cordelia stutzte und schien etwas verunsichert. »Gibt es doch nicht, oder?«

»Ich habe keinen blassen Schimmer«, entgegnete Buffy. »Solange sie mich in Ruhe lassen, ist mir das auch ziemlich egal. Aber mal im Ernst, Will, wahrscheinlich wollte sie entweder einen Joke oder sich ein wenig wichtig machen.«

»Vielleicht hast du Recht«, räumte Willow ein, doch sie schien nicht wirklich überzeugt.

»Wo waren wir stehen geblieben?«, fragte Giles, der soeben wieder das Büro betrat. »Ah ja, das Angriffsverhalten der Korred ...«

»Tanzen bis zum bitteren Ende«, half Cordelia ihm bereitwillig.

»Bitter, in der Tat. Ich kann euch versichern, auf diese Weise sein Leben auszuhauchen, oder besser auszuhecheln, ist nicht gerade die angenehmste Art, der Welt Adieu zu sagen.« Giles nahm erneut das rote Buch zur Hand und setzte seine Lektüre fort. »Obwohl eine beträchtliche Wahrscheinlichkeit besteht, dass das Opfer vorher einem Herzinfarkt erliegt ...«

»Okay, okay, ich hab verstanden«, sagte Buffy. »Keine Ballettschuhe in der nächsten Zeit.«

»Ja. Ganz recht. Nun, wie auch immer, dieser Beschreibung zufolge ist ein Korred nur unwesentlich größer als ein durchschnittlicher Gnom. Leider solltest du dich, so ungern ich es auch sage, trotzdem auf etwas Größeres einstellen.«

»Oh. Moment. Wartet«, mischte Willow sich hektisch ein. »Hier steht's. Ein Korred kann sich aufblähen und dadurch seinen Körperumfang um ein Vielfaches ausdehnen. So ähnlich wie ein Kugelfisch. Zur Einschüchterung der Beute.«

»Der Höllenschlund«, warf Xander mit grimmiger Miene ein. »Die reinste Tombola des Bösen. Man weiß nie, was man als Nächstes gewinnt.«

»Ich würde ihn nicht unbedingt als böse bezeichnen«, korrigierte ihn Giles. »Nur ein wenig, nun, sagen wir, bös*artig* vielleicht.« Er stand hinter Willow, blätterte in dem kleinen Buch und verglich ihre mit seinen Angaben.

Buffy schüttelte den Kopf. »Das sind doch Haarspaltereien, Giles. Wenn er Menschen anfällt, ist er böse. Ganz klar. Und außerdem jagt er mir Angst ein.«

Er schaute von seinem Buch auf. »Ich darf dich darauf hinweisen, dass die eigene Angst nicht immer der verlässlichste Indikator für die Gefährlichkeit eines Wesens ist.«

»Nein, dürfen Sie nicht. Wie war das noch gleich? ›Folge immer deinem Instinkt, Buffy‹. Oder ihr ewiges ›Eine Jägerin weiß, wann etwas Paranormales im Anmarsch ist.‹«

»Ich habe sicherlich nicht ›im Anmarsch‹ gesagt«, wies Giles diesen Ausdruck scharf von sich.

»Okay, wir wissen jetzt, was es ist«, beendete Cordelia rigoros die Diskussion. Verblüfft starrten alle in ihre Richtung. Sie legte ihr Buch zur Seite und sah die anderen erwartungsvoll an. »Aber wie werden wir es wieder los? Es ist euch doch hoffentlich klar, dass es, wenn wir es einfach hier rumlaufen lassen, irgendwann anfangen wird, Leute umzubringen. Das tun sie immer.«

4

Ein Schrei riss Buffy aus dem Schlaf ... nein, kein Schrei, nur das nervige Piepsen ihres verdammten Weckers. Blind tastete sie herum, griff daneben, griff noch mal daneben, fand schließlich die Taste und setzte dem Terror ein Ende.

Schon wieder Zeit zum Aufstehen? Das war nicht fair.

Sie fühlte sich wie gerädert, nachdem sie in der Nacht fast stündlich aufgewacht war, weil sie unter ihrem Fenster ein Kichern gehört zu haben glaubte. Doch jedes Mal, wenn sie nachgesehen hatte, war nichts zu entdecken gewesen. Und als sie schließlich doch in der REM-Phase angelangt war, wurde sie dort von einer dunklen und gesichtslosen Kreatur heimgesucht, die ihr hysterisch gackernd auf den Fersen war. So schnell sie auch lief, der Schatten war schneller, holte sie ein, sprang auf ihre Schultern. Sie rannte weiter. Die Kreatur verwandelte sich in Xander, der in einer Hand einen Füller mit einer riesigen dunkelroten Feder schwang. Die Feder kitzelte unter ihren Füßen. Sie sprang von einem Bein auf das andere, begann einen ekstatischen Tanz und lachte, lachte, bis sie keine Luft mehr bekam ...

Reichlich abgefahren, dachte Buffy, aber bestimmt keine düstere Prophezeiung. Nichts, womit sie nicht fertig werden konnte – nicht schlimmer als Pepperoni.

So wie damals, als sie die Erkenntnis traf, dass es klüger war, eine Magentablette einzuwerfen, *bevor* sie bei *Genaro's* bestellten.

Immer noch ein wenig benommen stand sie auf und streckte sich gähnend. Was war heute eigentlich für ein Tag? Freitag, richtig. Für die meisten Mädchen ihres Alters war dieser Tag der Beginn des Wochenendes, Zeit zum Relaxen und die Partyabfolge für die nächsten 48 Stunden zu planen. Nicht so für die Jägerin. Für sie bedeutete der Freitag Kickbox-Training. Bei dem Gedanken daran schüttelte

Buffy den Kopf. Sie nahm sich vor, den Wächter heute nicht härter ranzunehmen als unbedingt erforderlich. Wenn Giles ein weiteres Mal mit einer Gehirnerschütterung in der Notaufnahme auftauchte, würde er zweifelsohne Ärger mit seiner Krankenversicherung bekommen.

Okay. Was jetzt? Duschen. Zähne putzen. Die übliche Prozedur. Buffy griff nach ihrem Morgenmantel, der an dem Haken an der Tür hing, und machte sich bereit, ihren Gang ins Badezimmer anzutreten, als ihr Blick auf das Schulbuch fiel, das aufgeschlagen auf ihrem Schreibtisch lag.

Freitag.

Matheklausur.

»Oh, nein!«

Ein Telefon klingelte schrill und bereitete dem Schlaf des Gerechten ein jähes Ende. Benommen und blind wie ein Maulwurf versuchte Giles, die Ziffern auf seiner Uhr zu erkennen. Sieben Uhr, beinahe mitten in der Nacht! Wer besaß die Frechheit, zu solch unchristlicher Zeit bei ihm anzurufen? Wächter waren, ebenso wie ihre Jägerinnen, ausgemachte Nachteulen und für gewöhnlich alles andere als Frühaufsteher. Und so war es kein Wunder, dass dieser Morgen einen Rupert Giles sah, der höchst verstimmt nach dem Hörer griff und versuchte, seine Gedanken zu ordnen, bevor dieser sein Ohr erreicht hatte.

»Ja? Hallo?«

»Einen wunderschönen guten Morgen, Ripper. Ich hoffe, ich hab dich nicht geweckt.«

Dies war der Moment, an dem das Telefon, neben Computer und Videorecorder, einen festen Platz auf jener Liste teuflischer Erfindungen bekam, deren Zweck einzig und allein darin bestand, Rupert Giles das Leben zu erschweren.

»Was willst du, Ethan?«

»Wie bitte? Kann ich nicht einfach mal anrufen, um zu hören, wie es dir –«

Die geheuchelte Enttäuschung in der Stimme seines einstigen Weggefährten war mehr als Giles so früh am Morgen ertragen konnte. Er unterdrückte den Impuls, einfach aufzulegen, und schloss für einen Moment die Augen. »Nein. Kannst du nicht«, antwortete er barsch, jedes einzelne Wort zwischen den Zähnen hervorpressend. »Was *willst* du, Ethan?«

»Ich wollte dir nur mitteilen, dass ich für einige Tage in der Stadt sein werde. Ich dachte, wir könnten uns vielleicht irgendwo treffen und bei ein paar Drinks über alte Zeiten plaudern ...«

»Eher gefriert die Hölle zu Eis, Ethan.« Mit diesen Worten knallte er den Hörer auf die Gabel und ließ sich in sein Kissen sinken.

An dem Tag, an dem es ihm gelingen würde, Ethan und den Vampirführer Spike zusammen in einen Raum zu sperren, die Tür abzuschließen und dann den Schlüssel unauffällig verschwinden zu lassen, wäre seine Aufgabe erfüllt. Ohne Gewissensbisse.

Gähnend schlug Giles das Plumeau zurück und setzte sich auf die Bettkante. Wahrscheinlich hatte Ethan ihm nur einen kleinen Schrecken einjagen wollen. Er würde es sicher nicht wagen, sich noch einmal in Sunnydale blicken zu lassen. Nicht, so lange Buffy ihn hier erwartete, um ihn ... wie hatte sie sich doch gleich ausgedrückt? Ah ja, richtig, »ins Koma zu prügeln«.

Giles musste bei dem Gedanken daran lächeln. Bisweilen für seinen Geschmack ein wenig zu ungestüm und bedauerlicherweise dazu neigend, im Zweifelsfall zunächst die Fäuste sprechen zu lassen – eine Wesensart, die wohl in der Natur aller Jägerinnen lag –, besaß Buffy doch einen ausgeprägten Sinn für das, was man gemeinhin als »Hoheitsrecht« bezeichnete. Irgendwie rührend, dachte Giles, wirklich ...

Lauthals erhob der Wecker seine blecherne Stimme. Giles langte zur anderen Seite des Bettes hinüber und brachte ihn mit einem gezielten Schlag zum Schweigen. Wieder einmal, ob es ihm passte oder nicht, begann ein neuer Tag im Leben des unvergleichlichen Schulbibliothekars der Sunnydale High.

Allerdings sollte er diesen Anruf nicht auf die leichte Schulter nehmen, ermahnte er sich selbst, als er aus dem Bett stieg. Auch wenn Ethan sich des Öfteren schon als ausgemachter Feigling erwiesen hatte, war es bestimmt kein Fehler, die eine oder andere Vorsichtsmaßnahme zu ergreifen. Wie zum Beispiel ein paar telefonische Anfragen bei örtlichen Hotels und Motels, nur um sicherzugehen, dass sein alter Kumpel nicht so töricht war, ein so unkalkulierbares Risiko einzugehen ...

Willow sah ihre Freundin von der Seite an, während sie gemeinsam versuchten, sich durch den langen, mit einer lärmenden Menge gefüllten Schulflur hindurchzukämpfen und gleichzeitig das Gesicht über den Dingen stehender Oberstufenschülerinnen zu wahren. Um sie herum tobte wie immer zu Beginn einer neuen Unterrichtsstunde ein einziges Chaos. »Sollte ich dich besser nicht darauf ansprechen?«

»Richtig«, antwortete Buffy niedergedrückt.

Willow zog ein langes Gesicht. »Aber ich habe dir doch meine gesamten Notizen gegeben, und, und ...«

»Und ich bin davon überzeugt, dass es ziemlich brauchbare Notizen sind.«

»Buffy. Du hast nicht einmal hineingesehen?«

Buffy zuckte zusammen. Sich mit blutrünstigen Vampiren zu prügeln war eine Sache, einer zutiefst enttäuschten Willow gegenüberzustehen etwas völlig anderes. »Ich weiß, ich weiß. Ich sollte die Schule nicht so vernachlässigen. Aber ich hatte zu tun. Dämonen jagen. Ausschau nach heimtückisch kichernden Frohnaturen halten. Du weißt schon. Was eine Jägerin nachts eben so macht.«

Willow nickte verständnisvoll. »Und? Ist sie dir begegnet? Die Frohnatur, meine ich.«

»Nein.« Buffys Miene hellte sich ein wenig auf. »Aber dafür habe ich dieses wirklich merkwürdige huhnähnliche Ding dabei ertappt, wie es gerade die Straße überqueren wollte –«

»Ein ... Huhn wollte die Straße überqueren?« Willow starrte ihre Freundin fassungslos an.

»Etwas Huhn*ähnliches*, Will. Etwa einen halben Meter groß, mit Beißerchen, die in ihrem Leben ganz bestimmt noch keine Bekanntschaft gemacht haben mit ... nun, womit auch immer Hühner gefüttert werden.«

»Mit anderen, toten Hühnern«, klärte Willow sie sachkundig auf. »Zerkleinert und zermahlen.«

Buffy blieb abrupt stehen. »Will! Bitte verschone mich mit Einzelheiten, okay?«

Willow war es gewohnt, mit ihrer bisweilen fast zwanghaften wissenschaftlichen Akkuratesse bei den anderen auf wenig Gegenliebe zu stoßen. »Okay. Oh, ich muss los. Ich habe Mrs. Lee versprochen, kurz bei ihr reinzuschauen und ihr das neue Zeugniserstellungsprogramm zu erklären, das sie jetzt alle benutzen müssen.« Sie grinste Buffy an. »Das erste Mal, dass Snyder sich etwas hat einfallen lassen, das nicht *uns*, sondern den Lehrern das Leben schwer macht. Ganz abgesehen davon, dass ich ein Vermögen damit verdienen könnte. Kein Mensch weiß, wie das Programm funktioniert, nicht mal der Typ, der es installiert hat.«

»Nicht doch, Will. Man sollte seine Fähigkeiten stets zum Wohle der Menschheit einsetzen, schon vergessen? Äh – was genau verstehst du unter Vermögen?«

Doch die rothaarige Koryphäe war bereits entschwunden.

»Na großartig. Sieht ganz so aus, als müsste ich wieder einmal Giles anpumpen. Jemand sollte endlich ein festes Monatsgehalt für Jägerinnen einführen.«

Buffy trabte stürmisch zur Bibliothek herein und ließ ihre Tasche mit Schwung auf die Buchausgabe krachen. »Hallo! Bin wieder zu Hause!«

Giles stand oben zwischen den Regalen und schaute überrascht von einem Stapel mit Büchern auf, die er im Begriff stand einzusortieren. »Oh. Hallo, Buffy. Ich nehme an, du hast eine Freistunde?«

»Äh, ja, genau. Und natürlich war mein erster Gedanke, dass das eine gute Gelegenheit wäre, einen Abstecher in die Schulbücherei zu machen und meinem Lieblingsbibliothekar einen kleinen Besuch abzustatten.«

»Ich bin hier weit und breit der *einzige* Bibliothekar«, erinnerte er sie.

»Das sind doch Spitzfindigkeiten«, winkte sie ab und stapfte die Treppe hinauf. »Seien Sie bitte nett zu mir, Giles, dieser Morgen ist sowieso schon schrecklich genug.«

»Ach je. Die Matheklausur?«

»Aaahhh! Nicht dieses Wort. Könnten wir bitte über weniger unerfreuliche Dinge reden.«

»Natürlich. Wie war die Jagd letzte Nacht?«

»Es dürfte einigen Leuten einen gehörigen Schrecken einjagen, Giles, wenn sie erführen, dass das Aufstöbern von Monstern und Dämonen für uns zu den weniger unerfreulichen Dingen des täglichen Lebens zählt. Aber um auf Ihre Frage zurückzukommen: ›Unspektakulär‹ würde es wohl am ehesten treffen. Oh, fast hätte ich es vergessen. Ich weiß jetzt endlich, was das Huhn auf der anderen Straßenseite wollte.«

»Bitte?«

»Nein, Giles, die richtige Frage müsste lauten: ›Was wollte es denn dort?‹«

»Was wollte es denn dort?«

»Eine Extraportion Jägerin.«

Giles starrte sie nur an und schien nicht zu wissen, ob er das nun lustig finden sollte oder nicht.

»Kein Witz. Ein dickes, fettes Federvieh, etwa einen halben Meter groß. Zähne, Flügel – alles da.«

»Hühner haben keine Zähne«, setzte er fast automatisch nach, dann erstarrte er wie vom Donner gerührt. »Grundgütiger Himmel! Das könnte ein Basilisk gewesen sein!«

»Es hat sich mir nicht vorgestellt, Giles.«

»Äh, nein, natürlich nicht. Buffy, du hast es doch hoffentlich vermieden, ihm in die Augen zu sehen? Ja, offensichtlich hast du das; sonst wärest du wohl kaum hier.« Giles rückte seine Brille zurecht und steuerte zielstrebig auf eines der hinteren Regale zu, wo er seine persönlichen Favoriten aufbewahrte: Die Top Einhundert der Bestiarien-Charts, ein enzyklopädisches Sammelsurium, in dem alles zu finden war, was man über die zwielichtigen Gestalten, denen man rund um den Höllenschlund begegnen mochte, wissen sollte. Kaum war er Buffys Blicken entschwunden, da drang auch schon laut und vernehmlich seine Stimme hinter einer der Bücherreihen hervor. »Es hatte einen Schnabel, sagst du? Und wie sahen seine Füße aus?«

»Einen Schnabel, stimmt genau. Seine Zehen zu zählen hatte ich leider nicht die Gelegenheit, Giles. Das Scheusal hatte es ganz ohne Frage auf ein Abendessen abgesehen. Allerdings eines ohne Kerzenlicht und romantische Musik, schätze ich.«

Inzwischen hatte Giles das Buch, das er suchte, gefunden. Hastig blätterte er darin herum und eine Zeit lang war nur noch das protestierende Knistern alter, vergilbter Seiten zu hören. »Aha, da haben wir es ja«, sagte er schließlich. »Sah dein, äh, Huhn in etwa so aus?«

Buffy warf einen Blick auf den verblassten Holzschnitt und zuckte mit den Achseln. »Könnte sein. Es ging alles ziemlich schnell.«

»Trotzdem. Versuch dich zu erinnern. Ich wünschte, du würdest es dir endlich einmal zur Gewohnheit machen, dir ein paar Details zu notieren, wenn du über irgendein unbekanntes Ungetüm stolperst. Man kann nie wissen, ob sie nicht einmal wichtig werden könnten, und wenn –«

»Au prima. Kommt jetzt der leidige Vortrag über Pflichtbewusstsein und Verantwortung?«

Irritiert hielt er inne. »Ähm, ja. Der leidige Vortrag über Pflichtbewusstsein und Verantwortung.«

»Klasse. Ich hol schon mal das Popcorn.«

»Sehr komisch.«

»Finde ich auch. Hey, Giles, können Sie mir zwanzig Dollar leihen?«

Mit einem Seufzen nahm der Wächter seine Brieftasche heraus und überreichte sie der Jägerin mit der schicksalsergebenen Miene eines Mannes, der dies in seinem Leben schon zu häufig getan hatte, um sich noch darüber aufzuregen. Doch er wäre nicht Giles gewesen, hätte er diese Gelegenheit kommentarlos verstreichen lassen. »Ich kann mich nicht erinnern, während meiner Ausbildung davon gehört zu haben, dass es in den Aufgabenbereich eines Wächters fällt, für seine Schutzbefohlene auch die Finanzen zu regeln.«

»Hey, wenn ich einen Job hätte, wäre das auch nicht nötig. Aber Sie und meine Mutter halten es ja für besser, dass ich jeden Morgen artig in die Schule gehe und mich nachmittags brav für ein paar Stunden aufs Ohr haue. Das schränkt natürlich die Zeit, die ich, hinter einer Supermarktkasse stehend, damit verbringen könnte, der zahlenden Kundschaft ein freundliches ›Ihr Kassenbon, bitte‹ hinterherzuflöten, gewaltig ein.«

»Ja, ich weiß. Es ist nicht leicht, ein Leben innerhalb solch enger Grenzen zu fristen, wie deine Mutter sie dir auferlegt.«

»Okay, okay. Ich habe den ironischen Unterton nicht überhört«, rief sie hinter ihm her, als er in seinem Büro verschwand, um das Buch, das er aus dem Regal genommen hatte, dort zu deponieren. Für weitere Recherchen. Spätestens am Montag würde er restlos alles in Erfahrung gebracht haben, was sich in punkto überdimensionale Hühner zu wissen lohnte, einschließlich der nützlichen Information, ob sich aus ihnen eine gute Suppe zubereiten ließ.

Seufzend dachte Buffy einen sinnlosen Moment lang über die Frage nach, wieso es ausgerechnet immer am Wochenende gleich so knüppeldick kam. Dann öffnete sie Giles' Brieftasche, fischte einen Zwanzigdollarschein heraus, rümpfte angesichts der wie Monopoly-Geld zerfledderten Banknote missbilligend die Nase, stutzte und warf einen zweiten Blick in die Geldbörse.

»Giles, wieso schleppen Sie eigentlich immer noch Englische Pfund mit sich herum?«

»Was?«, ertönte seine gedämpfte Stimme aus dem Büro, wo er seine Jagd nach Wissen offensichtlich fortsetzte.

»Schon gut.«

Sie legte Giles' Portemonnaie auf die Bücher in dem Rollcontainer, begab sich wieder nach unten und verstaute ihre Tasche unter der Buchausgabe. Nachdem sie so ihre Habseligkeiten vor fremdem Zugriff in Sicherheit gebracht hatte, lehnte sie sich gegen den hüfthohen Tisch und genoss den seltenen Augenblick relativer Ruhe. Nirgends eine Spur von diesen aufdringlichen Lehramts-Studenten, die die Bibliothek zu ihrem Versammlungsort erwählt hatten, und sich mit ihrem Gegiggel und Getuschel aufführten wie ein ... wie ein pubertierender Haufen Teenager.

»Oh, Mann, die möchte ich mal vor einer Klasse erleben.«

Als hätte sie mit ihren Worten das Unheil heraufbeschworen, flog in genau diesem Moment die Bibliothekstür auf und ließ vom Gang her das übliche Getöse lerneifriger und weniger lerneifriger High-School-Schüler hereinschwappen. So viel zu ihrer gemütlichen Plauderstunde mit Giles, dachte Buffy. Und so viel zunächst auch zu ihrer Fahndung nach zu groß geratenen Killerhühnern.

Sich mental auf die »Invasion der Lehrämtler II« einstellend, wandte sie sich in der festen Absicht um, ihnen allen gehörig die Meinung zu sagen.

Doch ihr Blick fiel nicht auf die erwartete Meute. Stattdessen stand vor ihr ein Mann, den sie nie zuvor gesehen hatte, kaum älter als Giles, mit dunklem Teint, weißem Haar und einem eleganten Anzug – gute Qualität, aber nicht zu teuer, registrierte sie automatisch. In der Hand hielt er einen Spazierstock mit silbernem Knauf, mit dem er unablässig gegen sein Hosenbein klopfte, als wollte er ihre Aufmerksamkeit auf die wie mit einem Lineal gezogene Bügelfalte lenken.

»Kann ich Ihnen behilflich sein?« Giles würde stolz auf sie sein; sie war tatsächlich freundlich und entgegenkommend. Doch irgendetwas gefiel ihr nicht an diesem Typ.

Vielleicht lag es auch nur an ihrem grundsätzlichen Misstrauen allem Unbekannten gegenüber. Möglicherweise hatte Xander Recht und sie war tatsächlich paranoid. Sie sollte einen Gang zurückschalten und sich – »im Zweifel für den Angeklagten« – erst einmal anhören, was der Mann zu sagen hatte.

»Ich suche Mr. Rupert Giles?« Seine Stimme hob sich am Ende des Satzes, als habe er eine Frage gestellt. Buffy meinte einen leichten Akzent herauszuhören, den sie jedoch nicht genau einzuordnen wusste.

Okay, dachte sie, entweder ein alter Freund oder ein altes Problem. Letzteres hätte sich kaum einen ungünstigeren Zeitpunkt aussuchen können, um die Szene zu betreten. Sie nahm sich vor, Giles irgendwann einmal den Vorschlag zu unterbreiten, eine Art Liste anzufertigen – alte Freunde, die nichts anderes waren als alte Freunde, alte Freunde, die ihre Hilfe benötigten, alte Freunde, die sich als gemeingefährliche Psychopathen herausstellen könnten ...

»Er ist in seinem Büro.«

»Ah. Und du bist bestimmt Buffy, hab ich Recht?«

Buffy sah ihn verblüfft an. Damit wäre ihre Frage wohl beantwortet ... vielleicht.

»Ja, genau. Ich bin Buffy. Und Sie sind?«

»Oh, ich bitte um Verzeihung. Mein Name ist Gerald Panner.«

»Sind Sie ein Kumpel aus Giles' Collegezeiten?«

»Ein Kumpel? Äh ... nein, ich fürchte, da muss ich dich enttäuschen. Wir haben vor Jahren einmal ... zusammen gearbeitet. Ich bin Wissenschaftler. Und Rupert war mir in der Vergangenheit ein unschätzbare Hilfe. Nun, ich war gerade in der Gegend und da hab ich mir gedacht, ich schau einfach mal, wie man so schön sagt, auf einen Sprung bei ihm vorbei und frag ihn, wie es ihm geht.«

»Panner.«

Buffy und der vermeintliche Wissenschaftler drehten sich gleichzeitig um. Giles stand in der Tür zu seinem Büro, in der Hand ein kleines Buch mit rotem Einband, und schien beim Anblick des Neuankömmlings alles andere als erfreut.

»Ich nehme an, mein Besuch kommt für Sie nicht ganz unerwartet. Sie haben mein Schreiben erhalten?«

»Ja, Ihr Brief ist bei mir angekommen.«

Buffy brauchte keine Telepathin zu sein, um die unausgesprochene Aufforderung zu registrieren, die deutlich in der Luft hing: »Lass uns allein, Buffy!« Und dabei machte Giles ihr ständig Vorhaltungen, sie investiere nicht genügend Zeit in die Ausbildung ihrer paranormalen Fähigkeiten.

»Okay. Sie beide werden sich sicher eine ganze Menge zu erzählen haben, stimmt's? Über Bücher diskutieren und so. Ich verschwinde dann mal besser ...«

»In Ordnung«, erwiderte Giles, ohne sie anzuschauen. »Warum gehst du nicht einfach nach Hause, Buffy? Wir können unser Gespräch auch genauso gut morgen fortsetzen.«

»Morgen haben wir Samstag, Giles. Wochenende. Schon vergessen? Ich kann Sie ja anrufen, falls es Probleme gibt.«

»Ja, okay. Bis später dann.«

»Ist klar. Unerwünscht. Abgang.«

Doch niemand hörte ihr mehr zu.

Giles wuselte unbotmäßig lange in seinem Büro herum, räumte Zettel und alte Zeitschriften beiseite, um Panner eine Sitzgelegenheit zu beschaffen, stapelte Bücher, die auf seinem Schreibtisch und dem Fußboden verstreut lagen, fein säuberlich aufeinander, die großen nach unten, die kleinen nach oben, wohl wissend, dass er mit diesem Anfall von Akribie das Unvermeidliche bestenfalls um ein paar Minuten hinauszuzögern vermochte.

»Rupert.«

»Ich bin gleich fertig. Ich muss nur noch rasch –«

»Rupert, bitte.«

Der leicht gereizte Tonfall in der Stimme des Besuchers, eines der wohl seltenen Indizien dafür, dass auch Panner nicht gegen menschliche Regungen jedweder Art gefeit war, reichte aus, um Giles unverzüglich von weiteren Aufräumarbeiten absehen zu lassen.

Immer noch den Stock in der Hand, löste sich der Neuankömmling von der Tür und trat einige Schritte in die Bibliothek hinein. »Würden Sie bitte – wie sagt man noch gleich? – ah ja, die Kirche im Dorf lassen. Ich bin nicht hier, um Ihnen irgendwelche Schwierigkeiten zu bereiten. Was mich zu Ihnen führt, ist ausschließlich wissenschaftliche Neugierde. Ich möchte mir lediglich ein paar Notizen machen, damit die Nachwelt, wie es so schön heißt, von ihren Erfahrungen profitieren kann.«

»Wissenschaftliche Neugier ist eine wunderbare Sache«, gab Giles spitz zurück. »Insbesondere dann, wenn man sich eines so genannten objektiven Beobachters bedient, um sie zu befriedigen, genauer gesagt, eines Aufpassers – wenn wir die Dinge beim Namen nennen.«

»Wie können Sie so etwas annehmen, Rupert? Ich bin der Letzte, der sie in irgendeiner Weise unter Druck setzen möchte, geschweige denn bei ihrer Arbeit stören. Niemand hegt über Ihre Fähigkeiten auch nur den geringsten Zweifel.« Panner schien tatsächlich gekränkt. Zumindest jedoch unangenehm berührt.

»Nein, natürlich nicht. Deshalb auch ein *Aufpasser.*« Giles war sich bewusst, das er mit seinem Sarkasmus nicht eben zur Entspannung der Situation beitrug, doch auch seine Geduld hatte Grenzen. Zum ersten Mal seit dessen Ankunft sah er dem Ratsvertreter – dem *Spitzel*, so viel stand für ihn fest – geradewegs in die Augen und entdeckte zu seiner Genugtuung einen Hauch von Verunsicherung. »Kommen Sie mir nicht in die Quere, Panner. Kommen Sie niemandem von uns in die Quere. Ich versichere Ihnen, dass das für alle Beteiligten nur von Vorteil sein kann.«

5

»*Battle of the Bands Special!*«, schrie das Plakat über dem Eingangsportal des *Bronze*. »Heute öffentliche Proben. Das große Saturday-afternoon-Fever! Alle her, hier tanzt der Bär!«

»Reim dich oder ich fress dich«, kommentierte Buffy und beugte sich vor, um die Liste der angekündigten Bands zu lesen. »Oz, ist das dein Ernst? Ich meine, ihr habt die halbe Nacht geprobt. Willst du allen Ernstes den Samstagnachmittag damit zubringen, dir die Ohren –«

»Ich nehme es einfach als Buße für irgendetwas, das ich in einem früheren Leben verbrochen habe«, wischte er Buffys Einwände beiseite, ergriff Willows Arm und lotste sie Richtung Einlass. Mit einem Blick zu Xander, der nur mit den Schultern zuckte und neben sich eine Cordelia hatte, die die Augen verdrehte, folgte Buffy ihnen.

Samstagnachmittag hin oder her, die restlichen *Dingoes* waren bereits vollständig versammelt, und mit ihnen die Mitglieder zahlloser anderer Bands – allesamt damit beschäftigt, mit Kennerohr den Sound zu prüfen oder die Konkurrenz niederzumachen.

»*Battle of the Bands*«, schimpfte Buffy leise, während sie zügig einen Tisch in der Nähe der Bühne ansteuerte. »Wieso nur läuft es mir bei diesen Worten jedes Mal eiskalt den Rücken hinunter?«

»Weil hier der Höllenschlund ist?«, schlug Cordelia vor.

Mitunter waren Cordys Kommentare geradezu sinnvoll.

Irgendjemand hatte sich scheinbar die Mühe gemacht, die hauseigene Sound-Anlage des *Bronze* einem gründlichen Check zu unterziehen. Oder einfach die Boxen mit einem gezielten Fußtritt in die optimale Position gekickt. Buffy beugte sich ein wenig vor und versuchte die Menge um sie herum zu ignorieren. Aufmerksam und kritisch lauschte sie der Band, die gerade auf der Bühne stand.

Die Jungs hatten es echt drauf, dachte sie ein wenig bestürzt. Sie waren wirklich ziemlich gut. Gut genug, um die Gespräche und Fachdiskussionen im *Bronze* zum Verstummen zu bringen und sich die ungeteilte Aufmerksamkeit des Publikums zu sichern.

Der Frontmann, ernsthaft schnuckelig, sprang in Richtung Mikro, demonstrierte sein beträchtliches Stimmvolumen und ließ diesem Triumph ein Gitarrenriff folgen, dessen Präzision und Tempo nur als atemberaubend bezeichnet werden konnten. Buffy lehnte sich zurück und seufzte, und dies nicht etwa wegen seiner knackig sitzenden Jeans. Nicht ausschließlich jedenfalls, musste sie ehrlicherweise zugeben.

Diese Band war ein verdammt heißer Kandidat.

Und leider hieß sie nicht *Dingoes Ate My Baby*. Dort auf der Bühne brillierte *White Star Express*, eine Band, deren beinahe professionelle Show das Ergebnis zahlreicher Auftritte war, Honorarauftritte wohlgemerkt. Auch in dieser Hinsicht waren sie den *Dingoes* weit voraus.

Willows Züge nahmen mehr und mehr jenen übertrieben fröhlichen Ausdruck an, den sie immer aufsetzte, wenn sie das Gefühl hatte, dass die Dinge aus dem Ruder liefen. »Du spielst viel besser«, versicherte sie Oz.

Er zuckte, typisch Oz, nur die Schultern. »Der Typ ist nicht übel. Die ganze Band ist nicht übel.«

»Ja, aber kann irgendwer zu dieser Musik tanzen?«, schnaubte Xander verächtlich.

Cordelia, taktvoll wie immer, brachte die Dinge auf den Punkt. »Machst du dir keine Sorgen?«, wandte sie sich an Oz. »Ich meine, die sind doch eindeutig besser als ihr.«

»Oh je, musste das sein, Cordy?«, presste Xander hervor, der es allmählich ermüdend fand, jedes Mal den Scherbenhaufen aufzusammeln, den Cordelia mit ihren ebenso einfältigen wie unangebrachten Kommentaren hinterließ.

Abermals machte Oz eine wegwerfende Geste. »Warum? Du gewinnst, du verlierst. So ist das Leben.«

»Das ist wahre Größe«, zollte ihm Willow Bewunderung.

Ja. Alles klar. Wahre Größe, dachte Buffy bei sich, während die anderen *Dingoes* soeben den Beweis erbrachten, dass sie von dieser Tugend noch nicht allzu viel gehört hatten.

»Er hat sich verspielt«, lästerte Devon voller Häme.

»Ja«, meldete sich ein weiterer *Dingo* zu Wort. »Und der Drummer ist nicht im Takt. Er bringt sie alle völlig raus.«

»Wenn hier irgendwas irgendwen rausbringt, dann ist es dein dummes Gelaber«, mischte sich eine Männerstimme ein. Buffy wandte sich um. Hinter ihr stand der Prototyp eines Schwermetallers. Mr. Macho, ganz in schwarzem Kunstleder und mit schweren Eisenketten behängt.

»Männer«, raunte sie Willow ins Ohr und musterte den Rocker mit dem emotionslosen Blick der erfahrenen Kämpferin.

Natürlich schnappte, wie hätte es anders sein können, der solchermaßen brüskierte *Dingo* nach dem Köder und baute sich herausfordernd vor dem anderen auf. »Vielleicht bringt sie auch nur der Anblick deiner Versagervisage aus dem Konzept.«

Die beiden standen sich wie Kampfhähne gegenüber, bereit, jeden Augenblick aufeinander loszugehen. An den Nebentischen wurden die ersten Plätze geräumt. Andere drängten sich nach vorn und schienen auf eine Massenkeilerei zu spekulieren.

»Aaahhh!« Der Aufschrei kam von Willow, die mit weit aufgerissenen Augen um sich blickte. »Keine Prügelei. Das macht man nicht.«

»Ach, kommt«. Oz erhob sich lässig von seinem Stuhl und schob sich zwischen die Kontrahenten. »Das ist es nicht wert.«

Er erntete von beiden Seiten nur drohende Blicke. »Ist *was* nicht wert?«, rief irgendjemand von hinten.

Oz blieb die Ruhe selbst. »Der Stadtverwaltung einen Grund zu liefern, den Laden hier dichtzumachen. Die warten doch nur auf so eine Gelegenheit.«

»Für Snyder ist das *Bronze* eine einzige Lasterhöhle«, beeilte sich Buffy ihm den Rücken zu stärken. »Er ist doch davon überzeugt, dass wir hier ein groß angelegtes Komplott schmieden.«

Alle, die Snyder kannten, lachten. Selbst Willow konnte sich ein Grinsen nicht verkneifen. »Das klingt tatsächlich ganz nach unserem Rektor.«

»Ich weiß.«

Oz redete gestikulierend auf die Jungs aus seiner Band ein. Schließlich zogen sie sich zurück, wenn auch widerwillig und nicht ohne den ein oder anderen drohenden Blick über die Schulter zu werfen. Und nachdem sie noch mal kurz ihre Muskeln zucken gelassen hatten, ließen sich auch die Mitglieder der anderen Bands wieder nieder.

Xander sah Buffy bedeutungsvoll an. »Die *Battle of the Bands* – im wahrsten Sinne des Wortes.«

Buffy stieß einen Seufzer aus. Als hätte sie nicht bereits genug Ärger mit unheimlichen Kicherern und ihrem allnächtlichen – unbezahlten! – Job als Jägerin. Nun musste sie auch noch damit rechnen, dass der einzige Ort, an dem sie einfach nur Teenager sein konnte, aufgrund von Ausschreitungen geschlossen wurde. Wegen der schlechten Kinderstube einiger herumpöbelnder Halbstarker aus der gehobenen Mittelschicht.

Der Erste, der hier eine Schlägerei anfing, entschied sie, würde das schwer bereuen.

Das kleine Motelzimmer hatte fraglos schon bessere Zeiten gesehen. »Schmuddelig« wäre noch eine freundliche Umschreibung seines Zustands gewesen: gelb getünchte Wände, deren Farbe bereits abblätterte, verdreckte Fenster, die von alten, zerschlissenen Vorhängen umrahmt wurden, ein Teppich, dessen Farbe und Material unmöglich zu bestimmen war, und eine Luft, die von dem Geruch nach Schimmel und Moder geschwängert war. Doch an der Rezeption stellte man bar zahlenden Gästen weder lästige Fragen, noch nahm man ihre Personalien auf, was den Mangel an Komfort für Ethan Rayne mehr als wettmachte.

Nachdem er das Laken von dem Bett, das eher einer Pritsche ähnelte, gerissen und es achtlos in eine Ecke geworfen hatte, setzte er sich auf den Rand der durchgelegenen Matratze. Mit übereinander geschlagenen Beinen musterte er voller Genugtuung die verschiedenen Kräuter, die vor ihm auf einer Folie ausgebreitet lagen. Kräutermagie war nicht unbedingt eine seiner Stärken, doch ungewöhnliche Situationen verlangten ungewöhnliche Maßnahmen …

»Valeriana zur Beruhigung«, murmelte er, »Kleeblätter, um die Willenskraft herabzusetzen, und fürs Aroma ein wenig Majoran. Vielleicht noch eine Ingredienz für gute Laune – hm, besser nicht. Man kann nie wissen, welche Folgen gute Laune bei manchen Kreaturen hat. Sie könnte unter Umständen appetitanregend wirken.«

Einige wenige Beobachtungen hatten ausgereicht, um ihn in seinem Verdacht zu bestärken, dass sein Opfer, was immer es sein mochte, in der Nahrungskette magisch veranlagter Wesen weit unter ihm stand. Er war sicher, mit den richtigen Zutaten eine magische

Mixtur herstellen zu können, die es ihm ermöglichen würde, die Kreatur sowohl herbeizulocken als auch gefügig zu machen. Oder zumindest für seine Pläne einzuspannen. Die Erfahrung hatte ihn gelehrt, dass es immer besser war, zunächst zu versuchen, derartige Geschöpfe auf die eigene Seite zu ziehen, bevor man ihnen mit Gewalt einen fremden Willen aufzwang.

Natürlich ging er damit auch das Risiko ein, dass er etwas in Gang setzte, dem er letztendlich nicht gewachsen war. In einer Stadt wie Sunnydale ein gar nicht mal kleines Risiko.

Doch wie dem auch sei, zunächst musste er seine kleine Kräuter-Spezialmischung fertig stellen. Der nächste Schritt würde sein, einen geeigneten Ort zu finden, an dem er sie möglichst gefahrlos zum Einsatz bringen konnte. Am besten ein Areal, das ihm die Möglichkeit zu einem raschen Rückzug bot, falls sich dies als erforderlich erweisen sollte. Es waren Erwägungen wie diese, seine Umsicht, stets mit allem zu rechnen und keine Möglichkeit außer Acht zu lassen, denen er es zu verdanken hatte, die Turbulenzen der letzten Jahre mit heiler Haut überstanden zu haben.

Ethan warf einen raschen Blick auf die Uhr. Dann rupfte er von jedem Kräuterbund einige Blätter ab und vermengte sie mit einer Hand voll trockener, brauner Erde. Behutsam legte er die bröckelige Masse auf ein ausgebreitetes Baumwolltuch und wickelte sie sorgsam ein. Zufrieden mit dem Ergebnis seiner Mühen stand er auf und griff nach seiner Jacke. »Wenn es überhaupt gethan sein soll, so wär's am besten, wenn's vor Mitternacht gethan«, zitierte er absichtlich falsch und verließ den Raum.

Das weiße Einsatzfahrzeug mit dem auflackierten roten Kreuz bog in die Zufahrt ein und kam vor dem hell erleuchteten Eingang der Notaufnahme zum Stehen. Die Anlieferung der Blutkonserven verlief auch an diesem Abend streng nach Fahrplan.

»Man sollte annehmen, dass sie mit der Zeit klüger geworden wären«, murmelte Buffy, die das Geschehen aus einiger Entfernung beobachtete. »Sie könnten zum Beispiel mal die Zeiten ein wenig variieren. Oder wenigstens ein bisschen diskreter vorgehen. Aber nein, alles muss funktionieren wie ein Uhrwerk. Macht ja nichts, wenn mal was wegkommt.«

Obwohl das, wie sie nicht ohne Stolz vermerkte, nicht allzu häufig vorgekommen war, seit sie sich in dieser Stadt befand.

Nicht, dass die Vampire es nicht immer wieder versuchten. Auch heute waren sie wieder da, pünktlich wie die Maurer.

Die Schwierigkeit bei der Sache bestand darin, sich stets in den nachtdunklen Schatten zu halten, während man die Vampire zu pfählen versuchte, bevor sie Lunte riechen konnten oder jemand aus einem der Krankenhausfenster blickte und Zeuge wurde, wie ein blonder Teenager auf einen Menschen einstach – eine menschenähnliche Gestalt zumindest –, der prompt zu Staub zerfiel.

Aber es hatte auch nie jemand behauptet, dass ihr Job ein Honigschlecken wäre.

Buffy schlich sich an eine Vampirfrau heran, eine tonnenförmige Untote, die zu Lebzeiten wohl einige Zentner auf die Waage gebracht haben musste, und tippte ihr auf die Schulter. Sie fuhr herum und stieß ein bedrohliches Knurren aus.

»Überraschungstelegramm«, flötete Buffy und stieß zu.

Nummer eins.

Zwei weitere Vampire näherten sich ihr von hinten. Sie verlagerte ihr Gewicht auf die Fußballen, beugte ein wenig die Knie und wartete auf …

Jetzt!

Buffy wirbelte herum und sprang, den Pflock in der ausgestreckten Hand, auf einen der Vampire zu, der daraufhin um Gleichgewicht ringend zurücktaumelte. Aus der Bewegung heraus versetzte sie sodann dem zweiten einen mächtigen Tritt, der ihn dem Beispiel seines Kumpanen augenblicklich folgen ließ. Noch bevor der erste sich wieder fangen konnte, rammte sie ihm den Pflock in die Brust; gleichzeitig spürte sie, wie der andere Untote sie von hinten zu packen versuchte, bückte sich unter seinem Griff hindurch, stieß mit dem Pflock nach hinten und riss ihn entschlossen nach oben –

Nummer zwei und drei, dachte sie grimmig. Wer will noch mal, wer hat noch nicht?

Scheinbar niemand. Der reinste Spaziergang heute Nacht. Giles würde erfreut sein, das zu hören. Sicher, die eigentliche Jagd fiel nicht unbedingt in sein Ressort, aber er hasste den Gedanken, dass Buffy diesen Teil des Jobs ohne seine Hilfe erledigen musste.

Aber worin hätte diese Hilfe auch bestehen sollen?

Doch er wäre nicht Giles, wenn er sich keine Sorgen machen würde. Wie auch immer, hier war sie jedenfalls fertig, und noch dazu in Rekordzeit. Wenn sie sich beeilte, konnte sie noch einen kleinen Umweg über den Friedhof machen und dort nach dem Rechten ...

Da war es wieder.

Buffy spürte das mittlerweile allzu bekannte Kribbeln im Nacken und vernahm das nicht minder vertraute Kichern. Sie drückte sich in den Schatten, die Faust um den Pflock geballt, und versuchte die Quelle des Geräusches zu lokalisieren. Und während sie angestrengt lauschte, veränderte der Klang des Gekichers auf bedrohliche Weise seinen Charakter. Buffy hätte schwören können, dass es sich kaum mehr von einem Knurren unterschied. Anscheinend war die nachtaktive Frohnatur es leid, seine Beute lediglich zu beobachten.

»Schon klar. Aber Knurren kann jeder. Lass uns endlich zu Potte kommen, Dumpfbacke, okay? Ein kleines Freundschaftsspiel, wenn du so willst. Der Gewinner bekommt den Wanderpokal.«

Keine Reaktion. Selbst das Prickeln in ihrem Nacken hatte aufgehört.

»Feigling«, murmelte Buffy.

Aber Feiglinge hatten dummerweise die Angewohnheit, sich schwächeren Opfer zuzuwenden.

Na klasse, dachte Buffy.

Wirklich klasse.

In der Sicherheit schwarzer Schatten stand der Korred und zitterte. Doch die Nacht war lau, die Luft mild und trocken. Etwas anderes machte ihm zu schaffen, zerrte an seinen Nerven, ein Ziehen, ein Rufen und Raunen, das ihn mit einer seltsamen Ruhelosigkeit erfüllte – und seinen Hunger weckte.

Abermals wurde der Korred von einem Schauer geschüttelt, seine im diffusen Licht rotbraun schimmernde Behaarung schien zu eigenem Leben zu erwachen. Ja, es stimmte, er fühlte sich immer noch zu diesem Menschenkind hingezogen, das eine solche Kraft ausstrahlte. Aber ... er würde es niemals wagen, es durch sein Knurren herauszufordern. Noch nicht. Nicht, bevor er nicht seine volle Stärke erlangt hatte. Und sein Hunger gestillt war.

Er schnupperte und rümpfte angewidert die Nase. Diese Menschen legten eine erstaunliche Beharrlichkeit an den Tag, wenn es darum ging, die weiche Erde mit hartem Stein zu bedecken und die Luft mit unangenehmen Gerüchen zu verpesten. Sie lebten in dicht an dicht gebauten Häusern, mit winzigen viereckigen Wiesen und lächerlichen Zäunen davor. Selbst die Bäume hatten sie eingezäunt und ordentlich voneinander getrennt, sodass sich einem Korred wenig Möglichkeiten boten, sich zu verstecken. Doch im Moment war das auch nicht nötig, die Dunkelheit gewährte ihm Schutz genug. Sie und diese sorgfältig gestutzte Hecke ...

Da!

Er duckte sich, drückte sich noch tiefer in die Hecke, wartete mit der kaltblütigen Geduld eines lauernden Raubtiers. Ein Mädchen erschien, den Arm voller Pakete, ihr Gang der des ahnungslosen Opfers, das von dem tödlichen Schicksal, das seiner harrt, nichts ahnt. Der Korred hatte dieses Mädchen noch nie zuvor gesehen, doch was spielte das für eine Rolle? In ihr loderte die Flamme der Jugend, stark und voller Energie. Die schorfigen Lippen des Korred verzogen sich zu einer geifernden Grimasse. Er folgte ihr, lautlos wie die Nacht, bis sie die schnurgerade gezogenen Häuserreihen hinter sich gelassen hatten – und mit ihnen die Menschen, die darin wohnten – und an eine große Wiese gelangten.

Hier würde ihn niemand mehr stören. Der Korred richtete sich auf, immer noch umhüllt von nächtlichen Schatten, und sang die ersten, tastenden Töne einer sanften Melodie. Das Mädchen blieb stehen, erschauerte, neigte lauschend den Kopf und gab sich dem leisen Klang der Musik hin, die kaum wahrnehmbar an ihr Ohr drang. Ihr Fuß machte eine Bewegung, die leise Andeutung eines Tanzes. Sie ließ eine weitere folgen. Gleich hatte er sie, gleich –

»Hey! Karen, warte auf uns.«

Der Korred zuckte zusammen und die Melodie geriet ins Stocken. Völlig benommen von der plötzlichen Unterbrechung, war er einen kurzen Augenblick lang wie gelähmt. Doch dann ließ er sich mit einem heiseren Knurren zu Boden sinken und tauchte wieder ein in die stockfinstere Nacht. Mit zwei Opfern wäre er noch fertig geworden, doch hier hatte er es mit einem ganzen Rudel von Menschenkindern zu tun, das lachend und schnatternd angelaufen kam – und eines von ihnen trug einen kleinen schwarzen Kasten bei sich, der laut plärrend seine eigene Musik hinausschmetterte, eine Musik, die den Korred in seinen empfindlichen Ohren schmerzte.

Vor Wut zitternd beobachtete er, wie das Mädchen, seine Beute, lachend bei den anderen stand, nicht ahnend, wie knapp sie dem Tod entronnen war.

Der Kehle des Korred entwich ein leises, zorniges Fauchen. Es war ein Fehler gewesen, sich so weit in die Stadt hineinzuwagen. Natürlich gab es in abgelegeneren Gebieten auch weniger Menschen – aber ein kluger Jäger jagte seine Beute niemals vor ihrem eigenen Bau!

Ein Fehler. Aber keine Niederlage.

Diesmal war seine Beute noch entkommen.

Doch bald, sehr bald schon, würde er ein neues Opfer finden.

6

Sonntag, Tag der Besinnlichkeit. Ein wenig Ruhe war durchaus nicht zu verachten, dachte Buffy. Besonders da ihr Schlaf, als sie schließlich doch eingeschlafen war, im Traum von kichernden Schatten heimgesucht wurde. Immer wieder war sie aufgeschreckt und hatte dieses übermächtige Gefühl drohender Gefahr empfunden. Einmal war sie sogar aufgestanden, hatte sich einen Bademantel übergeworfen und eine Runde ums Haus gedreht. Doch von einer Bedrohung weit und breit keine Spur.

Und auch jetzt schien alles völlig normal.

So normal, wie ein Sonntagmorgen in Sunnydale sein konnte. Buffy schaute blinzelnd auf die Uhr. Halb neun. Bis zu ihrer Sonntagabendpatrouille war es noch lange hin. In der Zwischenzeit ...

In der Zwischenzeit, fiel ihr siedend heiß ein, galt es einer weit unangenehmeren Verpflichtung ins Auge zu schauen. Das allwöchentliche Aussortieren ihrer getragenen Klamotten.

»Weiße Sachen hierhin. Empfindliche Teile dorthin«, brummelte sie und warf einen Lycra-Body auf den kleinen Stoß mit Handwäsche. »Und die Kochwäsche schon mal Richtung Tür.«

Ihre Mutter fing die Hose mit einer Hand auf und ließ sie auf den stetig anwachsenden Haufen fallen, der sich zu ihren Füßen auftürmte. »Wie schön, dass dir der Sinn für die kleinen Notwendigkeiten des Alltags noch nicht gänzlich abhanden gekommen ist.«

»Pah. Warum schmeißen wir nicht einfach alles ins Auto und karren den ganzen Krempel zur nächstbesten chemischen Reinigung? Andere Leute tun das doch schließlich auch. Xander sagt, dass seine Mutter niemals selber wäscht. Obwohl, wenn man sich die Klamotten ansieht, in denen er rumläuft ... Man könnte fast auf die Idee kommen, dass sich alle Reinigungsanstalten zu einer teuflischen Verschwörung zusammengetan haben.«

Joyce Summers sah sie verunsichert an. »Das war ein Witz, oder?«

Buffy seufzte und blickte ihrer Mutter nachsichtig in die Augen. »Ja, Mom. Ein Witz. Soweit ich informiert bin, besteht die einzige Verschwörung der Reinigungsanstalten in dem arglistigen Bestreben, redlichen Bürgern das Geld aus der Tasche zu ziehen.«

»Oh. Ich wollte nur sichergehen.«

Nachdem sie mit großen, vorsichtigen Schritten über diverse Wäscheberge hinweggestiegen war, ließ sich Joyce auf die Bettkante sinken, und auf ihrem Gesicht breitete sich ein verzweifeltes Lächeln aus.

Oh-oh, dachte Buffy. Das bedeutete Probleme für die Jägerin. Der Schock über die Bestimmung ihrer Tochter saß Joyce noch immer tief in den Knochen, und so etwas wie eine klärende Aussprache hatte niemals stattgefunden. Beide legten sie ein erstaunliches Talent an den Tag, ständig um den heißen Brei herumzureden.

»Erzähl doch mal, Buffy.« Dem aufgeräumten Tonfall in der Stimme ihrer Mutter nach zu urteilen, gab sie sich alle Mühe, die Angelegenheit so unverkrampft wie möglich in Angriff zu nehmen. Einen Punkt für innovatives Vorgehen. »Hattest du eine erfolgreiche Nacht?«

Buffy sah sie flüchtig an, einen Augenblick unschlüssig, was sie ihr antworten sollte. »So könnte man es nennen«, sagte sie schließlich. »Alles in allem war es relativ ruhig. Zunächst habe ich mich darum gekümmert, dass das städtische Krankenhaus seine Blutkonserven erhält. Keinerlei nennenswerte Probleme. Den Rest des Abends habe ich, glaub's oder nicht, hauptsächlich damit zugebracht, mit Willow noch einmal meine Hausaufgaben für Mathe durchzugehen. Sie ist echt ein wandelnder Taschenrechner.«

»Ja, das kann ich mir vorstellen. Eine ziemlich viel versprechende junge Dame, deine Willow. Ich bin sicher, dass sie, wenn sie erst einmal den College-Abschluss in der Tasche hat, ihren Weg machen wird.«

»Worauf du einen lassen kannst.«

Was sie ihrer Mutter nicht erzählte, war, dass sie ihre kleine Nachhilfestunde vor dem Leichenschauhaus fortgesetzt hatten, nachdem sie einen allen Gesetzen der Medizin zum Trotze nach wie vor unternehmungslustigen Handlungsreisenden davon überzeugt hatten, dass es keine gute Idee war, hier und jetzt einen draufzumachen. Was gar nicht mal einfach gewesen war, denn immerhin war der Typ hinsichtlich seiner Spesenrechnung niemandem mehr Rechenschaft schuldig.

Anschließend war sie ein letztes Mal über den Friedhof geschlendert, nur um völlig auszuschließen, dass dort irgendwer ohne Genehmigung eine Party veranstaltete. Doch sie war keinen weiteren Vampiren begegnet. Auch ihnen diente der Samstag offensichtlich der Erholung.

Erholung. Ja, genau. Mit einer Kreatur im Nacken, der es allem Anschein nach ein höllisches Vergnügen bereitete, permanent hinter ihr herzuschleichen. Was des einen Freud ist des anderen Leid. Immerhin war sie seit jenem knurrenden Gackern in der Nähe des Krankenhauses von weiterem albernen Herumgekicher verschont geblieben. Wahrscheinlich empfand das Biest dergleichen Faxen mittlerweile selbst als ein wenig zu leichtsinnig und hatte sich erst einmal zurückgezogen. Der Lokalsender im Radio jedenfalls brachte neben Sport- und Wetterbericht nur die üblichen Regionalnachrichten und Veranstaltungshinweise. Keine unerklärlichen Todesfälle.

»Es freut mich zu hören, dass du deine schulischen Verpflichtungen so ernst nimmst«, fuhr Joyce fort, »dass du ihnen sogar deine Samstagabende opferst. Vielleicht hast du ja am Ende doch begriffen, dass du jede Menge nachzuholen hast.«

Buffy verdrehte genervt die Augen. Wann hörte sie endlich damit auf, andauernd darauf herumzureiten, hatten sie nicht einen Deal?

Nach diesem mütterlichen Wink erhob sich Joyce und die Konversation war, Gott sei Dank, beendet. Doch dann erstarrte sie plötzlich und schien einen Moment nachzudenken.

»Äh, Buffy? Du sagtest: ›Relativ ruhig.‹ Entspricht das nicht dem Normalfall?«

»Mom«, lachte Buffy, »›Normalität‹ und ›Sunnydale‹ sind zwei Begriffe, die sich gegenseitig ausschließen, falls du das noch nicht bemerkt haben solltest.« Sie zögerte einen Augenblick, hätte ihrer Mutter beinahe von der neuen Heimsuchung erzählt, die ihren Weg in diese Stadt gefunden hatte. Doch als sie in ihr Gesicht sah und die dunklen Ränder unter ihren Augen bemerkte, die seit den Ereignissen des letzten Sommers nie wirklich verschwunden waren, brachte sie es nicht über sich. Sie und Giles hatten ihre Mutter in vieles eingeweiht – doch es gab Dinge, die sie nicht zu wissen brauchte, ganz abgesehen davon, dass damit niemandem geholfen wäre. Es gab keinen Grund, sie noch mehr zu verängstigen, als sie es ohnehin schon war. »Tut mir Leid, Mom, aber mehr gibt's dazu leider nicht zu sagen.«

Joyce drang nicht weiter in sie. Sie nickte nur, streckte eine Hand aus und strich ihrer Tochter über das Haar. Für einen Augenblick entspannte sich die Jägerin. Eine nette, normale kleine Szene zwischen Mutter und Tochter, zu flüchtig selbst für einen Schnappschnuss.

Dann war ihre Mutter verschwunden. Zurück blieb eine Buffy inmitten von Stapeln mit Bunt- und Kochwäsche und ein wenig verwirrt über den kleinen Stich, den sie in diesem Moment verspürt hatte.

Lautlos schlich der Korred durch die Nacht. Selbst die Grashalme bogen sich kaum unter seinen hufbewehrten Füßen, während er das faszinierende Treiben der Menschen beobachtete und sein schier unerträgliches Verlangen niederkämpfte, sich näher an sie heranzupirschen. Ihr Anblick weckte aufs Neue seinen Hunger. Wie leicht war es, sich in Gedanken an tölpelhafte, hilflose Menschen zu verlieren, die sich wanden und krümmten und tanzten, tanzten, tanzten ...

Würde es ihm gelingen, auch diese besondere Menschenfrau in seinen Bann zu zwingen? Würde auch ihre Lebensenergie ihn nähren, wenn sie ihrer sterblichen Hülle entfloh?

Noch nicht, nicht heute. Erst musste er sich Klarheit darüber verschaffen, was genau es war, das sie so sehr von den anderen unterschied ...

Abrupt hielt er inne. Seine Muskeln spannten sich, wachsam stand er da, lauschte und hob witternd die mächtigen Nüstern ... ja, er täuschte sich nicht. Außer ihm verbarg sich noch jemand in den nächtlichen Schatten, kein wirklich menschliches Wesen. Jemand, der ihm möglicherweise den ganzen Spaß verderben konnte.

Nach einem letzten prüfenden Blick wurde er wieder eins mit der Dunkelheit.

Die nasskalte Nacht war fast vorüber. Der Mond hatte seine Bahn längst vollendet. Bald würde der Morgen grauen. Buffy konnte nicht umhin sich zu fragen, was, um alles in der Welt, sie eigentlich hier draußen noch zu suchen hatte. Jeder Vampir, der etwas auf sich hielt, würde es weit von sich weisen, diese Stunde zwischen Finsternis und Dämmerung noch als Nacht zu bezeichnen. Okay, sie hatte noch auf einen Abstecher in Willys Kneipe vorbeigeschaut und war dort ein wenig hängen geblieben. Aber so lang nun auch wieder nicht.

Was den einsamen Kicherer anbelangte … er, sie oder es hatte sich weder hören noch blicken lassen, was bedeuten könnte – sie hatte keinen blassen Schimmer, was es bedeuten könnte. Blieb zu hoffen, dass die unselige Kreatur sich vor lauter Langeweile auf und davon gemacht hatte. Blieb außerdem zu hoffen, dass die unselige Kreatur sich nicht auf und davon gemacht hatte, um anderenorts ein paar Menschen zu jagen …

»Stopp. Denk nicht über Dinge nach, die du nicht ändern kannst. Versuch, das Positive zu sehen.«

»Richtig. Das Positive. Wie zum Beispiel …«

Okay, wenn man samstagnachts Dämonen verprügelte, hatte man sonntags einen Grund, länger zu schlafen. Das war auf jeden Fall ein Plus. Was noch?

Buffy dachte einen Moment nach. »Nein. Das war's dann auch schon.«

Und zudem war es bereits Sonntagnacht – genauer gesagt Montagmorgen. Sie durfte gar nicht daran denken. In Momenten wie diesem wusste sie die Annehmlichkeit eines sonntagnachmittäglichen Nickerchens erst wirklich zu schätzen …

Das schabende Geräusch einer Schuhsohle auf hartem Asphalt ließ sie jäh herumfahren, doch noch während sie ihren Pflock zog, trat die ihr so vertraute Gestalt aus dem Schatten heraus. Ihr Herz vollführte einen Sprung.

Oh-Gott-oh-Gott, war das Einzige, was sie denken konnte. Adrenalin pumpte durch ihre Adern.

»Angel«, hörte sie sich sagen, und nichts in ihrer Stimme verriet ihre innere Aufgewühltheit. »Mit dir hätte ich jetzt gar nicht gerechnet.«

Sehr gut, dachte sie, das klang einigermaßen cool. Freundlich, aber distanziert. Fast ein wenig *zu* distanziert. Vielleicht hätten ein paar Eisklumpen weniger in der Stimme es auch getan. Doch falls es ihm aufgefallen war, ließ er es sich jedenfalls nicht anmerken. Wie immer wusste er seine Gedanken hinter der Maske des Geheimnisvollen und Unnahbaren geschickt zu verbergen.

»Da treibt sich etwas in der Stadt herum«, erwiderte er ohne ein Wort der Begrüßung. »Etwas Neues. Oder vielmehr etwas sehr Altes. Es gehört nicht hierher. Könnte Ärger geben.«

»Was du nicht sagst? Du wirst es kaum glauben, aber das haben wir auch schon bemerkt.« Buffy zuckte gleichmütig mit den Schultern und versuchte dabei so hart gesotten wie möglich zu wirken. »Du brauchst dir keine Sorgen zu machen, wir kümmern uns bereits darum.«

Die Mauer zwischen ihnen zeigte erste Risse. Buffys Stimme signalisierte Waffenstillstand, als sie betont aufgeräumt hinzufügte: »Hör mal, in meinem Einstellungsvertrag als Jägerin ist doch ausschließlich von Vampiren die Rede. Was meinst du, käme ich wohl mit einer Klage wegen vorsätzlicher Täuschung durch? Andererseits wäre Giles kreuzunglücklich, wenn er auf seine kleinen Extrarecherchen und Krisensitzungen verzichten müsste. Er und Willow. Und Cordelia. Sie jagt mir allmählich Angst ein. Weißt du, dass sie letztens tatsächlich wusste, was ein Ghoul ist? Jemand sollte ihr sagen, dass es dem Teint schadet, wenn man seine Nase zu tief in Dinge steckt, von denen man keine Ahnung hat. Außerdem rede ich lauter Unsinn und halte jetzt besser der Mund.«

Er trat näher an Buffy heran, kaum weniger hilflos als sie, doch ein vorsichtiger Abstand zwischen ihnen blieb immer noch gewahrt. Sie bemerkten es beide. Keiner von ihnen machte einen weiteren Schritt auf den anderen zu.

Doch ebenso wich keiner von ihnen auch nur einen Zentimeter zurück.

»Wir werden schon damit fertig«, sagte sie schließlich. »Ich und meine Jägerinnen-Clique, meine ich. Wir sind mittlerweile ein wirklich gut eingespieltes Team. Und außerdem handelt es sich um ein Problem, das, gemessen an den Katastrophen apokalyptischen Ausmaßes, mit denen wir es sonst zu tun haben, vergleichsweise harmlos ist. Glaubt Giles. Noch.«

»Ich mache mir Sorgen.« Seine Stimme war kaum mehr als ein Flüstern. »Es lässt mir keine Ruhe. Ich kann nichts dagegen tun.«

Dass die Situation für sie, die Jägerin, ganz bestimmt nicht leichter war, schien er völlig vergessen zu haben.

»Schon klar. Und ehe jemand mitbekommt, wie sehr es dich beunruhigt, gehst du lieber auf Tauchstation.«

»Sag mir, was ich tun soll, Buffy.« Seine Stimme klang gereizt und hinter seiner sonst so perfekten Maske blitzte für einen winzigen Augenblick so etwas wie Ärger auf. »Soll ich hier bleiben? Oder für immer von hier verschwinden?«

»Ja«, sagte sie leise, und es blieb unklar, auf welche seiner Fragen sich ihre Antwort bezog – sie wusste es selbst nicht genau.

Seufzend gab er sich geschlagen.

»Angel ...«

»Sei bitte vorsichtig, Buffy. Ich bin Wesen dieser Art schon einmal begegnet, damals, als ich ... es ist so lange her. Du solltest es jedenfalls nicht unterschätzen. Es steckt voller Hinterlist. Sei vorsichtig.«

»Das versuche ich immer«, wollte sie ihn beruhigen, doch ihre Worte verhallten ungehört in der wie leer gefegten Straße.

»Aber manchmal«, fügte sie kaum hörbar hinzu, »manchmal hat man keine Wahl.«

7

»Es ist noch viel zu früh am Morgen«, dachte Ethan Rayne. Tau lag auf den Gräsern und der heranbrechende Tag zeigte sein erstes, zaghaftes Licht. Einen Augenblick lang dachte er daran, die ganze Sache ein weiteres Mal abzubrechen und sich zunächst einmal gründlich auszuschlafen.

Doch der Gedanke an das vollkommen versiffte Bett in jener erbärmlichen Absteige, die sich Motel schimpfte, ließ ihn diese Möglichkeit rasch verwerfen.

Und wenn er es sich recht überlegte, was bedeutete schon ein wenig Unbequemlichkeit, wenn es galt, gleich zwei Fliegen mit einer Klappe zu schlagen. Falls alles nach Plan verlief, wäre nicht nur dafür Sorge getragen, dass sein alter Kumpel Ripper einige schlaflose Nächte vor sich hatte, sondern er, Ethan Rayne, wäre zudem Herr und Meister über ein sich möglicherweise als höchst nützlich erweisendes, übernatürliches ... Schoßtierchen. Einen ersten, viel versprechenden Vorstoß hatte er bereits Samstagnacht unternommen, doch leider war das sorgsam geknüpfte Band, das ihm die Kontrolle über die Kreatur verschaffen sollte, wieder abgerissen. Seiner Müdigkeit nachgebend hatte er den nächsten Versuch auf Sonntag verschoben.

Auf heute also ...

In der Kälte des kaum angebrochenen Morgens setzte er sich auf einen nackten Felsbrocken. Granit, stellte er fest, was in einer Region, wo man fast ausschließlich auf Kalkgestein stieß, einigermaßen ungewöhnlich war. Nichtsdestotrotz bot sich ihm hier ein Mineral, das nach den Kriterien der Magie als halbwegs neutral anzusehen war. Behutsam wickelte er seine Zauberkräuter aus und begann mit der Beschwörungsformel ...

Willow ließ ihre Blicke durch den Klassenraum wandern und betrachtete stirnrunzelnd einige besonders ungeduldige Mitschüler. »Meinst du, jemand hat sie auf der Toilette eingesperrt, oder sonst wo?«

Buffy unterdrückte kopfschüttelnd ein Gähnen. »Im Leben nicht. Die Wände hier sind so dünn, du würdest ihr Gekreische bis hierher hören können.« Sie stellte eine eigene, nicht weniger abenteuerliche Theorie zur Diskussion: »Sie hat eine unerwartete Erbschaft gemacht und ihren Job Hals über Kopf an den Nagel gehängt?«

»So viel Glück hat hier keiner. Nein, warte, ich hab's! Snyder ist tollwütig geworden, rennt mit Schaum vorm Maul durch die Schule, hat sie gebissen, und sie ist jetzt im Krankenhaus.«

»Oh, die Version gefällt mir«, nickte Buffy beifällig. »Wo nimmst du das bloß immer her? Du hast wirklich Talent.«

Willow zuckte errötend mit den Schultern. Die siebte Stunde hatte begonnen und Ms. Ellis war seit zehn Minuten überfällig. Laut Schulordnung mussten sie jedoch mindestens zwanzig Minuten ausharren, bevor sie davon ausgehen durften, dass der Unterricht wegen Abwesenheit der Lehrkraft ausfiel. Natürlich *hätte* jemand von ihnen zum Lehrerzimmer gehen und den misslichen Zustand melden können.

Ja, genau, dachte Buffy und sah zwei weiteren Schülern hinterher, die, der Einsicht folgend, dass es Wichtigeres im Leben gab, zur Tür hinaushuschten. Mit an Sicherheit grenzender Wahrscheinlichkeit würden sie sich binnen weniger Minuten einer dieser Lehramtsstudentinnen gegenübersehen, die angesichts solch unverhoffter pädagogischer Herausforderung nicht davor zurückschrecken würde, selbige anzunehmen und die Klasse mit einem vorbildlichen Unterricht zu beglücken, der ohne jeden Zweifel mit einem Sisyphusberg an Hausaufgaben endete.

Xander hatte seinen Standpunkt bereits klargemacht: Er plädierte für einen geordneten Rückzug spätesten drei Sekunden nach Ablauf der Zwanzig-Minuten-Frist. Bei Buffy rannte er damit offene Türen ein, doch Willow zeigte sich von seinem Vorschlag wenig begeistert. Sie hatte etwas von unerlaubtem Entfernen vom Unterricht gebrummelt, und davon, dass es ihr Wunsch sei, gemeinsam mit Buffy den Abschluss zu machen. Doch Rückzug hin, Abschluss her, wenn sie zu Unterrichtszeiten bei Giles in der Bibliothek aufkreuzten ...

Nein, Willow hatte Recht. Besser, sie blieben hier. Es war nicht nötig, dem Wächter einen neuerlichen Anlass zu geben, sich über das mangelnde Pflichbewusstsein seiner Schutzbefohlenen zu echauffieren.

Andererseits, wieso sollten sie den Unterricht verlassen, um ausgerechnet in die Bibliothek zu gehen? Diese Idee hätte ja geradezu von Cordelia stammen können.

Nichtsdestoweniger war es eine harte Prüfung, einfach hier herumzusitzen und abzuwarten. In der vergangenen Nacht, nachdem sie müde und ausgepowert endlich in ihr Bett gefallen war, hatte sie wieder dieses idiotische Kichern gehört. Und als sie aufgestanden war, um ihm auf den Grund zu gehen, hatte sie – welche Überraschung – nichts und niemanden entdecken können. Wieder zurück in ihrem Bett war sie in einen unruhigen Schlaf gesunken und hatte in ihren Träumen versucht, ein Phantom zu pfählen, dessen spöttisches Fiepen und Pfeifen sie an den Rand des Wahnsinns brachte.

Wen mochte es da wundern, dass sie sich nicht eben bei besten Kräften fühlte.

Sie musste diesem Quälgeist sein dämliches Gekicher ein für alle Mal abgewöhnen. Und anstatt untätig hier herumzuhängen, sollte sie ihre Zeit sinnvollerweise damit zubringen, in Giles' Büchern oder Willows Datenbeständen nach einer Lösung des Problems zu forschen, oder sich anhand der Tagespresse davon überzeugen, dass niemand in der vergangenen Nacht unfreiwillig das Tanzbein hatte schwingen müssen.

»Hab ich schon erzählt«, sagte Xander plötzlich direkt neben ihrem Ohr und noch ehe sie registrieren konnte, wer zu der Stimme gehörte, hatte sie ihm auch schon den Ellbogen in die Seite gerammt. »Hey, sind wir ein wenig schreckhaft heute?«

»Ich mag es nur nicht, wenn mir jemand ins Ohr brüllt, okay? Auch nicht, wenn es Tag ist und draußen die Sonne scheint.«

»Ist klar. Hört zu. Ich glaube, ich habe eine Idee, wie ich an Geld kommen kann. Stellt schon mal die Drinks kalt. *Bronze*, ich komme!«

»Cool«, freute sich Willow und sah ihn bewundernd an. »Und was ist das für eine Idee?«

»Ist sie vielleicht der Grund dafür, dass du in letzter Zeit in einem fort diese Worte vor dich hin brabbelst?«, erkundigte sich Buffy. »Als wolltest du sie auswendig lernen?«

Xander starrte sie verständnislos an. »Was für Worte?«

»Möchten Sie Pommes Frites dazu?«

Willow fing an zu kichern und Xander setzte eine Leidensmiene auf.

»Warum tust du das?«

»Ich hab den Ball, ich seh die Lücke, ich mach den Punkt. Das macht Spaß.«

»Sicher, mach dich nur weiter über mich lustig. Aber in einem Kaff wie diesem lässt einem der Arbeitsmarkt wenig Spielraum. Auch ohne dass man seine Qualitäten mit der Disziplinierung wandelnder Leichen vergeudet.«

»Und mit dem Ausdenken obskurer Methoden zur Reduzierung des heimischen Insektenbestands«, half Willow ihm großzügig aus. »Das sollten wir auf keinen Fall vergessen. ›Xander Harris, Kammerjäger. Bitte keine Anrufe nach achtzehn Uhr.‹«

»Das bringt mich auf einen wirklich deprimierenden Gedanken«, sagte Buffy. »Ist euch eigentlich schon aufgefallen, dass es praktisch nichts gibt, was mich für den Arbeitsmarkt qualifizieren würde? Nur mein Kampftraining und die Tatsache, dass ich Leute zusammenschlagen kann. Hey, ich sollte mich als Privatcoach bewerben.«

Willow sah sie treuherzig an. »Muss man dafür nicht eine Prüfung in Ernährungswissenschaft ablegen? Oder zumindest einige sportmedizinische Grundkenntnisse nachweisen?«

»Oh.« Buffy sackte zusammen, in ihrem Enthusiasmus sichtlich gebremst. »Noch mehr Schule. Na toll.«

In diesem Moment öffnete sich die Tür und Snyder betrat den Klassenraum, gefolgt von –

Buffy stöhnte. In seinem Kielwasser hielt sich eine der Schulpraktikantinnen, und zwar ausgerechnet jenes dürre Elend, das immer so undeutlich vor sich hin nuschelte.

»Okay. Alle mal aufwachen und herhören. Dies ist –« Snyder unterbrach sich und wandte sich der jungen Frau zu, die neben ihm stehen geblieben war. Sie grummelte etwas, das selbst Snyder offensichtlich nicht verstanden hatte, und ohne einen Augenblick des Zögerns fuhr er fort: »- die in dieser Klasse für Ordnung sorgen wird, solange Ms. Ellis ... indisponiert ist.«

Buffy schrieb den Namen ihrer Lehrerin in ihr Notizbuch und machte ein großes Fragezeichen dahinter. In Sunnydale verschwanden die Leute schneller, als einem selbst bei Lehrern lieb sein konnte, und jede noch so unbedeutend erscheinende Kleinigkeit mochte sich einmal als wichtig herausstellen, das hatte sie ja bei Giles gelernt. Auch wenn es sich dann doch lediglich um jemanden handelte, der den Kleinstadtkoller bekommen hatte und um Hilfe schreiend zur Stadt hinaus gerannt war.

»Ich erwarte, dass ihr euch bei ihr genauso benehmt, wie ihr es bei Ms. Ellis tun würdet – halt, lasst es mich anders ausdrücken: Ihr benehmt euch wie anständige Schüler, macht fleißig mit und hört aufmerksam zu. Habe ich mich klar ausgedrückt?«

Ein müdes und klägliches »Jawohl, Herr Direktor« kam als Antwort zurück. Der eher kleinwüchsige Mann schaute streng in die Runde, bedachte Buffy mit einem besonders feindseligen Blick, wandte sich auf dem Fuße um und überließ die Praktikantin ihrem Schicksal.

Sie setzte sich auf die Kante des Lehrerpults und präsentierte das von ihrem Haar umrahmte Dreieck ihres Gesichtes, mit spitzbübischen Augen und einem nicht minder spitzbübischen Grinsen auf den Lippen. Und ihre Worte waren, nun, da der Rektor die Szene verlassen hatte, leise, aber deutlich.

»In Anbetracht dessen, dass Rektor Snyder es versäumt hat, mich über euren derzeitigen Leistungsstand in Kenntnis zu setzen, und ich für meinen Teil nicht das Geringste auf diesbezügliche Angaben eurerseits gebe, würde ich vorschlagen, wir versuchen unsere gemeinsame Zeit im Interesse aller so sinnvoll wie möglich zu gestalten. Ihr macht eure Hausaufgaben, und ich mache meine. Einverstanden?«

Das »Einverstanden«, das ihr entgegenschallte, war um einiges enthusiastischer als die vorherige kollektive Meinungsäußerung der Klasse. Endlich mal eine Lehramtsstudentin, mit der es sich leben ließ, dachte Buffy.

Also rückten Buffy, Xander und Willow ihre Stühle zusammen und setzten ihren so jäh unterbrochenen Gedankenaustausch fort.

»Wie krank muss man dafür eigentlich sein?«, fragte Xander leise und warf der Studentin, die in einem geradezu beängstigend dicken Lehrbuch blätterte, einen verstohlenen Blick zu. »Wie können so junge Menschen ernsthaft den Wunsch verspüren, Lehrer zu werden. Ich meine, war ihre eigene High-School-Zeit für sie noch nicht schlimm genug? Sie nehmen sich nicht einmal die Zeit, sich die Wunden zu lecken.«

»Tja«, sagte Buffy, »so ist der Lauf der Dinge. Nach der High School geht's aufs College. Vorausgesetzt, es nimmt mich überhaupt eins. Selbst wenn ich einen einigermaßen passablen Abschluss hinlegen sollte, ist da immer noch das Handicap, dass die Liste meiner freiwilligen schulischen Aktivitäten nicht unbedingt auf eine Musterschülerin hindeutet. Vor allem nicht nach diesem Desaster mit dem Cheerleader-Team.«

»Hey, mach es nicht schlimmer, als es ist«, tröstete Willow sie. »Wir müssen lediglich ein College finden, wo man Leute sucht, die ... talentiert sind, aber deren Potenzial bislang wenig gefördert wurde.«

»Na super. Vielen Dank auch, Will. Jetzt geht's mir schon viel besser. Was soll ich also deiner Meinung nach tun? Nach einer Hochschule fahnden, deren Studentenschaft mindestens zur Hälfte aus Vampiren besteht?«

»Na ja, man kann nie wissen. Hey, außerdem wird Giles bei dir sein. Ich im Gegenteil dazu ...«

»Hör zu, Will, du weißt, dass das College für dich genau das Richtige ist. Sie werden sich gegenseitig die Köpfe einschlagen, Caltech, MIT und wie sie alle heißen, um dich zu bekommen, da gehe ich jede Wette ein. Kein Grund zur Sorge also.«

»Und ...«

»Und mit unserem Team ist es aus und vorbei«, fiel Xander ihr ein wenig zu gleichmütig ins Wort. »Wir werden in alle Himmelsrichtungen zerstreut, über die gesamten Vereinigten Staaten und vielleicht noch darüber hinaus. Was soll's? So ist nun mal das Leben. Außerdem werden wir ja wohl bestimmt in Kontakt bleiben, oder?«

»Genau«, stimmte Willow ihm zögerlich zu.

»Genau«, pflichtete auch Buffy bei, doch der optimistische Tonfall in ihrer Stimme konnte nicht recht überzeugen.

»Genau!«, besiegelte Xander schließlich ihr Einvernehmen. »Hey, wir sollten uns nicht jetzt schon in die Hose machen. Noch ist es nicht so weit – und ich will noch einiges tun, bevor ich mich hinstelle und hinausbrülle: ›Hallo Welt, hier bin ich‹, nur um in der Ferne ein lapidares ›Na und?‹ zu hören.«

Buffy und Willow brachen in schallendes Gelächter aus und in Xanders Gesicht trat ein breites Grinsen.

»Okay«, sagte Buffy endlich, nachdem sie sich wieder beruhigt hatte. »Keine Sorgen mehr über eine Zukunft, die morgen schon vom Höllenschlund verschluckt sein kann. Wir sollten uns stattdessen darauf konzentrieren, dass genau das nicht passiert. Also auf den Fall ›kichernder Fremder‹ und wie wir ihn klein kriegen.«

»Nein«, lautete Giles' unumstößliche Antwort. »Nein, nein und nochmals nein. Und sieh gefälligst zu, dass du beim nächsten Mal deinen rechten Fuß höher bekommst.«

Buffy holte zu einem weiteren Tritt aus und verfehlte Giles' Kinn nur um Haaresbreite. »Aber warum denn nicht? Kommen Sie schon, Giles, es wäre perfekt.«

»Du verstehst mich nicht, hab ich Recht?«

»Ich verstehe nicht, warum sie so starrköpfig sind. Geben Sie's doch zu, Ihnen fällt nichts Neues mehr ein.«

Mit einer plötzlichen Drehung auf dem linken Fuß ging sie zum Angriff über, doch Giles wich ihrer Attacke mit mehr Geschick aus, als sie ihm zugetraut hätte. Entweder war heute einfach nicht ihr Tag, oder dem Wächter war es gelungen, irgendwo ein paar neue Schrittkombinationen aufzutun. Sie hatte an diesem Abend noch keinen einzigen Treffer landen können.

»Los Giles, sagen Sie's mir. Warum nicht?«, bohrte sie weiter und setzte mit ihrem linken Bein nach, um die Schlappe auszumerzen.

»Weil ich es für keine glückliche Idee halte, Magie mit ins Spiel zu bringen. Ganz abgesehen davon, dass Willow keinerlei Erfahrung in sol – *uff!*«

Zufrieden tänzelte Buffy einige Schritte zurück. Er hatte sich, fest davon überzeugt, dass ihr linksseitiger Vorstoß nur eine Finte sei, auf einen Angriff von rechts eingestellt – und war prompt durch einen harten und wohl platzierten Tritt mitten ins Zwerchfell eines Besseren belehrt worden. Angel hatte Recht. Manchmal war der erste Eindruck eben doch der richtige ...

»Wirklich beeindruckend«, rang er sich keuchend ab und trat seinerseits einen Schritt zurück. »Aber für einen echten Gegner nicht beeindruckend genug. Versuch es noch einmal.«

»Nein. Sie wollen ja bloß, dass ich Ihnen den Hintern versohle und dann vor lauter Glück über den Triumph den ganzen Plan vergesse. Der, nebenbei bemerkt, ein guter Plan ist.«

Giles seufzte. »Nein. Ist er nicht. Es ist sogar, um der Wahrheit die Ehre zu geben, ein ausgesprochen törichter Plan. Glaub mir«, fügte er mit ernster Miene hinzu, »zu oft habe ich erfahren müssen, wie schnell es passieren kann, dass ein Anfänger eine Beschwörung verpatzt.« Für einen Moment schienen seine Augen ins Leere zu blicken ... dann wischte er die traurigen Erinnerungen mit einem Blinzeln beiseite, und in sein Gesicht traten wieder die altvertrauten Züge des integren Giles, dessen Zuversicht durch nichts und niemanden zu erschüttern war. »Genug. Lass uns weitermachen. Bist du so weit?«

Buffy atmete tief durch und ging in Bereitschaftsposition, ließ die Schultern kreisen und suchte sich einen sicheren Stand, als Giles auch schon mit einem hölzernen Schlagstock auf sie losging.

»Ah, ist Ihnen also doch noch etwas Neues eingefallen. Und als Nächstes ...« Sie wich seinem Angriff mit athletischer Eleganz aus, wirbelte herum, als befände sie sich auf einer Tanzfläche – »... werden sie Willow erklären müssen, warum sie nicht der Rattenfänger von Sunnydale sein darf. Sie denkt schon seit längerem daran, sich eine Flöte zuzulegen.«

Giles zog die Augenbrauen hoch. »Ich wusste gar nicht, dass sie Flöte spielen kann.«

»Kann sie auch nicht.«

»Oh.« Giles attackierte Buffys Verteidigung so hartnäckig, dass es ihm schließlich gelang, ihr einen leichten Schlag gegen die Schulter zu verpassen. »Wenn du nicht in der Lage bist, gleichzeitig Konversation zu betreiben und zu kämpfen, dürfte ich dir vorschlagen, dich auf Letzteres zu konzentrieren?«

Kaum waren diese Worte heraus, ließ sich die Jägerin zu Boden fallen, fing ihr Gewicht mit den Händen auf, während sie ihn gleichzeitig mit den Beinen in die Zange nahm, und brachte ihn mit einer gekonnten Drehung zu Fall. Wie ein versehentlich in die Altkleidersammlung geratenes Häuflein Tweed lag er da, den hölzernen Stock neben seinem erniedrigten Haupte.

»Haben Sie etwas gesagt?«, fragte sie, während sie aufstand und sich wie beiläufig den Schmutz von den Sachen wischte.

»Ja.« Er streckte sich der Länge nach hin und rang nach Atem. »Sehr gut. Wollen wir es gleich noch einmal versuchen?«

Buffy stieß einen Seufzer aus. Na fabelhaft, dachte sie. Scheinbar wollte er seinen Ärger über Willows Ambitionen als Zauberlehrling nun an ihr auslassen.

So viel zu ihrem Vorsatz, das Training heute etwas eher zu beenden als sonst.

Ein Knurren drang aus der Kehle des Korred, kaum lauter als ein Windhauch. Jene rätselhafte Kraft hatte den ganzen Tag über an seinem Willen gezerrt. Ein widerwärtiger, einlullender Lockruf, tief in seinem Innern.

Jemand versuchte ihn in einen magischen Bann zu ziehen, und der Ursprung dieser Macht war so vage und unbestimmt, dass er den fremden Hexenmeister nicht zu lokalisieren vermochte. Stunde um Stunde hatte der Korred damit zugebracht, sich immer tiefer in den aus Ästen und Steinen aufgehäuften Hügel hineinzugraben, den er auf einem verlassenen Grundstück entdeckt hatte, um hier, in diesem behelfsmäßigen Bau, den Einbruch der Dunkelheit abzuwarten und den Moment, in dem das unablässige Rufen sich hoffentlich zu einem nur mehr leisen Raunen abschwächte.

Langsam wurde sein Hunger stärker als die Angst und er verließ sein Versteck. Sein Jagdtrieb war erneut erwacht. Dennoch ließ die Erinnerung an die magische Bedrohung, die über ihm schwebte, ihn wachsam bleiben. Die Zeit des Spielens schien endgültig vorbei. Die Faszination, die jenes von einer Aura der Macht umgebene Menschenmädchen auf ihn ausübte, war ungebrochen, aber er war kein Narr. Zunächst musste er sich um Nahrung kümmern und selbst zu Kräften kommen. Und dann – wehe dem, was immer es war, das ihn zu umgarnen suchte. *Und wehe dir, fremdes Mädchen.* Und wehe allem, das sich ihm in den Weg stellen mochte.

Wo steckten sie nur, diese jungen Menschen, die so voll köstlicher Lebensenergie waren? Er nahm Witterung auf, lauschte mit einem Gehör, das jedem menschlichen Ohr weit überlegen war … und wurde belohnt.

Leise schlich der Korred voran, huschte von Schatten zu Schatten und wich dem grellen Schein der künstlichen Lichter aus, die diese nachtblinden Geschöpfe offenbar für unverzichtbar hielten. Dem Ruf seiner Instinkte folgend, die lauthals von Menschen, *jungen* Menschen, kündeten, gelangte er an einen Ort, an dem die Luft widerhallte von beständigem Hämmern und Dröhnen, einer Musik, wie er sie schon einmal gehört hatte, in jener Nacht, als sie aus dem kleinen, schwarzen Kasten, den die Menschen bei sich trugen, gedrungen war.

Erschrocken wich er zurück, kauerte sich, die haarigen Pranken fest auf die Ohren gepresst, in die schützende Dunkelheit der Nacht und wartete. Hier würde er gewiss ein Opfer finden.

Doch in der fortschreitenden Nacht wuchs sein Unmut mit jeder nutzlos verstreichenden Minute, um schließlich einem dumpf brütenden Zorn zu weichen. Unablässig flog die Tür auf und zu, junge Menschen kamen und gingen – aber nie verließen sie das Gebäude allein oder wenigstens paarweise! Und mit fünf oder sechs oder gar acht dieser ruhelosen Geschöpfe wagte er es nicht aufzunehmen!

In einem jähen Anfall unbändiger Wut grub er seine Klauen tief in das Erdreich hinein und entriss ihm ganze Grasbüschel und Klumpen von Lehm. Sein Griff fand etwas Warmes, Lebendiges – eine Maus, die ob der erdbebengleichen Erschütterungen fluchtartig ihre in sich zusammenfallenden Gänge verlassen und sich an die Oberfläche emporgewühlt hatte. Er zerquetschte sie mit seiner erbarmungslosen Pranke, noch ehe sie ein einziges jämmerliches Piepsen herausbringen konnte. Achtlos warf der Korred das leblose Tier beiseite, leckte sich das Blut aus der furchigen Handfläche, ohne den Blick auch nur für den Bruchteil einer Sekunde von dem verfluchten Menschenort abzuwenden.

Nein! Es war zwecklos!

Halb wahnsinnig vor unerfülltem Verlangen stürzte er zurück in die Dunkelheit. In diesem Moment wäre ihm jedes menschliche Wesen recht gewesen, wenn es nur dumm genug war, ihm über den Weg zu laufen.

Und das Schicksal meinte es gut mit ihm.

Nicht weit von ihm torkelte ein Mann, alt, heruntergekommen, an ihm haftete der Geruch von Not, Hoffnungslosigkeit und Alkohol. Die Lebensenergie dieses Menschen war armselig, hatte sich beinahe erschöpft, doch der Korred begann sein Lied. Er sah, wie der Mann überrascht aufblickte, und trat aus den Schatten, denn dieses Mal war er seiner Sache sicher. Er sah, wie ein Zucken durch die Glieder seiner Beute fuhr, sah, wie sie sich in seltsamen Bewegungen verrenkten. Dann der erste zögerliche und unbeholfene Schritt.

Ja!, dachte der Korred in wildem Triumph. Er gehört mir!

Sein Gesang wurde lauter, fordernder. Und mit vor Entsetzen geweiteten Augen begann der alte Mann seinen letzten Tanz.

8

Xander beendete sein Frühstück – ein Muffin und eine Tüte Kakao – mit einem lauten und vernehmlichen Rülpser. »Frühstück für Champions.«

Cordelia verzog angesichts seines Ernährungsplans angewidert das Gesicht, ohne von der wie ein Hochglanzmagazin aufgemachten College-Broschüre, in die sie sich vertieft hatte, aufzuschauen. »Ich weiß nicht«, sagte sie nachdenklich. »Ich dachte immer, die Menschheit hätte sich weiterentwickelt. Ich meine, diese Burschenschaftler sind so *unreif.*« Kopfschüttelnd blätterte sie eine Seite weiter. »Na ja, andererseits sind die Jungs außerhalb von Sunnydale vielleicht wenigstens nicht allesamt von Dämonen oder sonst was besessen.«

Ohne auf ihren Kommentar einzugehen, wandten die Freunde sich aktuelleren und dringlicheren Problemen zu.

»Nun, positiv ist schon mal«, vermerkte Willow mit gequältem Optimismus und sah von ihrem Laptop auf, »dass in letzter Zeit keine plötzlichen Todesfälle zu verzeichnen waren.« Sie machte eine Pause und warf einen zweiten Blick auf den Bildschirm. Einige Falten kräuselten ihre Stirn. »Abgesehen von ... einem – einem Obdachlosen, der von einem Auto angefahren worden ist. Nach Aussage des Fahrers ist der Mann mitten auf der Straße herumgetorkelt, als habe er überhaupt nichts mehr mitgekriegt.«

»Aber er lebte«, sagte Buffy, die ihr rastloses Auf- und Abschreiten unterbrochen hatte und ihr über die Schulter schaute. »Na ja, zumindest *bevor* er von dem Auto erfasst wurde. Ich denke, die Sache hat nichts mit unserem Korred zu tun. Er war einfach nur bis oben hin voll.«

Willow blickte sie Hoffnung schöpfend an. »Also ist der Korred zwar nach wie vor eine potenzielle, aber keine akute Gefahr. Richtig?«

»Hm, ja. Bis jetzt jedenfalls.« Buffy schwang sich auf den Stuhl gegenüber von Willow und kämpfte mit einem Gähnen. »Trotzdem muss ich einen Weg finden, wie ich ihn aus der Stadt herausbekomme.«

»Bevor er dich in den Wahnsinn treibt?«

»Bevor ihm langweilig wird und er sich einen Tanzpartner sucht«, gab Buffy knapp zurück. Dunkle Ränder lagen unter ihren Augen. Mitten in der Nacht war sie aufgewacht, aufgeschreckt von der Vorstellung, dass Blut an ihren Händen klebte, dass etwas geschehen war, das sie hätte verhindern müssen. Für eine Jägerin kein ungewöhnlicher Alptraum. Selbst sie konnte schließlich, so sehr sie sich auch bemühte, nicht überall gleichzeitig sein. Aber dieser Alptraum hatte einen Soundtrack, ein schrilles Kichern, das die Schreie des gepeinigten Opfers beinahe übertönte.

Beinahe.

Willow zog die Stirn in Falten. »Was ich nicht verstehe, ist, wovon es sich ernährt, wenn es die ganze Zeit immer nur hinter dir herschleicht!«

»Hotdogs, wahrscheinlich.«

Alle Blicke richteten sich auf Xander, der nur mit den Schultern zuckte.

»Hab heute Morgen wieder einen von diesen Zetteln gesehen. ›Hund entlaufen‹ und so. Bereits der dritte diesen Monat.«

Willow machte ein betroffenes Gesicht. »Keine gute Idee, in Sunnydale Haustiere zu halten.«

»Kann sein.« Im nächsten Moment fiel Buffy auf, was sie gesagt hatte. »Das mit dem Hund meine ich, nicht mit den Haustieren. Ich wollte sagen –« Sie gab es auf. »Giles, was glauben Sie – Giles?«

Er wühlte hektisch in seinen Karteikarten herum und schien selber nicht zu wissen, wonach er suchte. »Wie kann es sein«, beschwerte er sich, ohne in seinem Eifer nachzulassen, »dass kaum mehr als ein halbes Dutzend zusätzlicher Studenten das komplette Benutzersystem durcheinander bringt?«

»Weil Sie ihr etwas angestaubtes System ein wenig auf Vordermann bringen sollten?«, schlug Xander vor und erntete einen vernichtenden Blick von Seiten des Wächters.

»Warum sprechen Sie es eigentlich so komisch aus?«, wunderte sich Buffy, für einen Moment von ihren Sorgen abgelenkt.

»Was?« Giles hob den Kopf, sah die kleine Gruppe fragend an.

»System.« Buffy artikulierte das Wort betont britisch. »Ihr Engländer sprecht das Ypsilon so komisch aus. Warum?«

»Nun, ähm, vielleicht aus dem gleichen Grund, warum ihr Amerikaner es eben nicht so aussprecht, was ich für meinen Teil, nebenbei bemerkt, mindestens ebenso komisch finde. Regiolektale Unterschiede, weiter nichts – aber woher dein plötzliches Interesse für Linguistik?«

Buffy winkte ab. »Ach, ich war einfach neugierig. Nur die belanglose Frage einer Jägerin an ihren Wächter. Ist das ein Verbrechen?«

»Nein.« Giles ließ ab davon, seine Brille fortwährend gegen die Nase zu drücken. »Aber ein Verdachtsmoment.«

Willow begann zu kichern und Xander streckte Buffy den ausgestreckten Daumen entgegen. »Einen Punkt für den Wächter.«

»Oh, vielen Dank für diesen Beweis Ihres Vertrauens, Giles. Sie verstehen es, einer Frau das Gefühl zu geben, willkommen zu sein, nicht wahr?«

Davon überzeugt, dass ihre schlechte Laune lediglich der Verbitterung darüber zuzuschreiben war, dass sie es mit einem Gegner zu tun hatte, dessen sie nicht habhaft werden konnte, wandte Giles sich wieder seinen Karteikarten zu. »Man hat eben so seine Erfahrungen als Wächter. Insbesondere als dein Wächter. Verdammt. Die Bücher, die ich benötige, sind natürlich noch nicht archiviert. Xander, ich benötige deine Hilfe. In der hinteren Abstellkammer stehen noch einige Kisten mit Fachliteratur, könntest du sie bitte für mich heraufholen?«

»Na toll«, maulte Xander und richtete sich in Gedanken auf einen ebenso arbeitsreichen wie unerfreulichen Nachmittag ein. »Jede Menge Staub und angeschimmelte Bücher. Und Spinnen, nehme ich an.«

»Hey, Giles«, mischte sich Willow ein, »fällt das Aufräumen und Putzen von Abstellkammern nach der Schulordnung nicht in den Projektbereich ›Praxisstudien‹?«

Giles versuchte sich blinzelnd die einzelnen Posten jener Liste ins Gedächtnis zu rufen, die in Schülerkreisen ›Sklavenarbeiten‹ hießen. »Ja, ich glaube, du hast Recht.«

Xander wurde bei diesen Worten hellwach. »Praxisstudien? Heißt das, ich krieg Geld dafür?«

»Nicht viel, aber ein paar Dollar bestimmt.«

»Ich nehme alles zurück. Selbst das, was ich Ihnen noch gar nicht gesagt habe.«

»Wie … erfreulich.«

»Na wunderbar«, frotzelte Buffy. »Jetzt hat Xander, der sowieso schon permanent mit seinen glänzenden Aussichten auf dem Arbeitsmarkt protzt, auch noch eine weitere Geldkuh, die er melken kann. Und ich muss mir jeden Cent förmlich erbetteln.« Sie bedachte den Wächter mit Mitleid erheischenden Blicken. »Kann ich nicht in die Abstellkammer gehen und den Job erledigen? Ich arbeite ohnehin viel schneller als Xander. Außerdem wäre es ein gutes Zusatztraining.«

»Du hast schon andere Verpflichtungen, Buffy.« Giles' Tonfall klang streng, doch das Verständnis, das aus seinen Augen sprach, strafte seine Stimme Lügen. »Zuerst und vor allem musst du diesen Korred aufspüren und unschädlich machen, bevor er zu einer ernsthaften Bedrohung wird.«

Ihre Blicke trafen sich, und beide waren sich darüber im Klaren, dass es dafür möglicherweise bereits zu spät sein würde. Buffy vernahm die Stimmen von Xander und Willow, die darüber mutmaßten, wie viel Trödel und Unrat die hintere Abstellkammer wohl beherbergen mochte. Und einmal mehr wurde ihr bewusst, dass keiner ihrer Freunde, egal, wie oft sie ihr geholfen, ja selbst ihr Leben für sie aufs Spiel gesetzt hatten, wirklich wusste, wie es tief in ihrem Innern tatsächlich aussah.

Sie war die Jägerin. Giles war der Wächter. Und alles, was in Sunnydale geschah, geschah in ihrem Zuständigkeitsbereich.

Ein Leben lang würde Blut an ihren Händen kleben.

»Ja, schon klar«, tönte Xander und riss sie aus ihren düsteren Gedanken, »und wie wollen Sie sich, während wir mit der Schlepperei beschäftigt sind, diese Bibliothekarsgefolgschaft vom Halse halten?«

»Diese –?«

Ein Kichern drang aus Willows Ecke und Buffy verdrehte angesichts der Verwirrung des Wächters die Augen. »Die LA's, Giles«, half sie ihm auf die Sprünge. »Lehramtsanwärterinnen. Erinnern Sie sich nicht mehr – Ihre Groupies?«

»Denen nicht entgangen ist, dass dies hier ein prima Ort zum Rumhängen ist?«, fügte Xander hinzu und ließ seine Blicke durch den Raum schweifen. »Vorausgesetzt, sie müssen nicht allesamt wegen einer Besprechung beim Rektor antanzen. Wie jetzt.«

Buffy grinste. »Und sie belagern die Bibliothek ganz bestimmt nicht allein deshalb, weil sie alle so versessen auf Bücher sind, Giles.«

»Ihr – ihr müsst euch irren.«

»Nein, sie hat es treffend umschrieben«, ließ sich nun auch Cordelia vernehmen. »Etwas umständlich vielleicht, aber durchaus treffend.«

Giles nahm seine Brille ab und putzte sie ein wenig gründlicher als erforderlich. Kurz nur, ganz kurz, zuckten seine Mundwinkel und verzogen sich zu einem kaum wahrnehmbaren Lächeln. Als er die Brille wieder aufsetzte und sie der Reihe nach anblickte, war er wie ehedem die Ernsthaftigkeit in Person.

»Xander«, schnappte Cordelia. »Hör auf damit.«

»Ich? Ich habe doch gar nichts gemacht.«

»Nein, bloß nicht. Du glotzt und sabberst wie ein ... wie ein Unterstufenschüler.«

»Hey, ich habe lediglich versucht, diese College-Miezen beim Anblick von Giles nachzuahmen.«

Buffy hörte ihnen bereits nicht mehr zu. Ihre Gedanken kreisten schon wieder um den Korred. Was für ein Wesen war das, und wo kam es her? Angel schien etwas darüber zu wissen, aber leider gehörte Angel derzeit nicht zu ihren favorisierten Informanten. Die Begegnungen mit ihm waren zu unangenehm, zu schmerzhaft. Und zu gefährlich. Besser, wenn sie ihm einige Zeit aus dem Wege ging.

Doch wenn er wirklich etwas wusste, aus erster Hand, wie er angedeutet hatte, war es dann nicht das kleine Opfer wert, sich noch einmal mit ihm in Verbindung zu setzen? Ausschließlich im Interesse der Sache natürlich.

Sie sah Giles an und presste ihre Lippen aufeinander. Nein, dachte sie, besser nicht.

»Giles?«, fragte Willow plötzlich. »Er wird jemanden töten, oder? Der Korred, meine ich. Es wird eskalieren, erst die Haustiere, dann ihre Besitzer.«

»Das hab ich doch schon vor Wochen gesagt«, merkte Cordelia an.

»Nicht unbedingt«, wandte sich Giles an Willow. »Man kann die Korred nicht mit ... nun, zum Beispiel Vampiren vergleichen. Diese Wesen *müssen* nicht dauernd Menschen töten, um fortzubestehen.«

Buffy fand Giles' Ausführungen einen Hauch zu optimistisch.

»Und was ist, wenn er aus purer Langeweile jemanden umzubringen versucht?«, meldete sich Xander zu Wort. »Ich kann nur hoffen, dass in den nächsten Nächten etwas Spannendes im Fernsehen kommt.«

»Sein Interesse am Fernsehen ist denkbar gering«, klärte Buffy ihn auf. »*Ich* bin es, wofür er sich interessiert. Er rennt mir hinterher, lauert mir auf, beobachtet mich – irgendwie muss ich wohl etwas Faszinierendes an mir haben. Solange ich einfach so weitermache ... was immer das auch heißen mag, ist er jedenfalls abgelenkt und für andere keine Gefahr. Richtig?«

»Das, äh, wäre zumindest eine Theorie, ja. Obwohl ich nicht ganz sicher bin, ob Langeweile das richtige Wort ist.«

Willow nickte. »Ich finde, die Theorie hat einiges für sich. Ich für meinen Teil könnte mich durchaus mit ihr anfreunden. Oh, nicht, dass es mir gefiele, wenn er dir unentwegt auf den Fersen wäre, Buffy, ich –«

»Lass gut sein, Will. Ich weiß, was du gemeint hast.«

»Aber warum bloß?«, griff Xander den Faden wieder auf. »Ich meine, ich kann es ja durchaus verstehen, wenn jemand einen solchen Narren an unserer Buffy gefressen hat, dass er ihr Nacht für Nacht hinterherstellt – *autsch*!« Cordelia hatte ihm einen unsanften Knuff in den Arm verpasst.

»Ich vermute«, erwiderte der Wächter nachdenklich, »dass es ihre, nun, nennen wir es ›Jägerinnen-Qualitäten‹ sind, die eine solch enorme Anziehungskraft auf den Korred ausüben. Der Geruch nach etwas Übernatürlichem, wenn ihr so wollt.«

»Soll das heißen, ich stinke, Giles?«

»Und warum hier?«, bohrte Xander weiter und ersparte damit Giles die Antwort auf Buffys Frage. »Und warum ausgerechnet jetzt? Ich meine, Sunnydale ist als attraktives Ferienziel für Untote aller Art ohne Frage nicht zu toppen, aber was hat diese kichernde Kreatur hier verloren?«

»Das, Xander, ist eine ausgezeichnete Frage.«

»Tatsächlich? Kann man mit schlauen Fragen Geld verdienen?«

Giles ignorierte seinen Beitrag. »Warum *jetzt*, in der Tat ... Was zieht ihn gerade *jetzt* hierher?«

Willow blinzelte mit den Augen. »Eine Art Feriensaison bei den Korred?«

»Wohl kaum. Und in den Mythen findet sich nicht ein einziger Hinweis auf irgendein Ereignis, das Wesen seiner Art zu dieser Jahreszeit aus ihren Löchern hervorlocken könnte. Nein, es muss etwas anderes sein, etwas ...«

»Moment mal.« Buffy richtete sich auf ihrem Stuhl kerzengerade auf. »Es gibt etwas, Giles. Ich meine, denken Sie doch mal nach. Wer außer dem Korred befindet sich noch hier und gehört nicht hierher?«

»Die Lehrämtler!«, stieß Willow keuchend hervor.

Giles zog die Stirn in Falten. »Vielleicht.« Er eilte in sein Büro und kehrte Sekunden später mit einem kleinen Taschenkalender zurück. Drei Tage waren bereits rot umkreist, um ihn an Oz' allmonatliche Metamorphose zu erinnern, doch da es bis dahin noch zwei Wochen dauern würde, schenkte er ihnen keine weitere Beachtung. »Wann, hast du gesagt, ist dir der Korred zum ersten Mal begegnet? Vor vier Tagen?«

»Stimmt genau.«

»Und die Lehramtsstudenten sind anlässlich eines ersten Orientierungsbesuchs am Siebten des Monats hier aufgetaucht, also zwei Tage vorher ... Ja, das könnte hinkommen. Ein Zusammenhang zwischen der Ankunft der Studenten und dem Erscheinen des Korred wäre durchaus denkbar. Obwohl die Parallelität der Ereignisse genauso gut reiner Zufall sein könnte.«

»Sie wissen, wie ich über Zufälle denke, Giles. Allzu häufig sind solche Übereinstimmungen nur zwei Hälften desselben Problems. Ich würde vorschlagen, wir nehmen die eine Hälfte so lange in die Mangel, bis zu der anderen eine Antwort herauskommt.«

»Ein interessanter Ansatz«, ließ sich plötzlich eine emotionslose Stimme vernehmen, in der ein leichter Akzent mitschwang. »Wenngleich ein wenig ... unkonventionell. Ah ja, da seid ihr ja alle.«

Im Türrahmen stand Panner. Seinen Stock hatte er offensichtlich zu Hause gelassen, nichtdestotrotz erweckte er nach wie vor den Eindruck, als sei er geradewegs einer Sonderausgabe der *Vogue* für Senioren entstiegen.

Cordelia wurde angesichts so viel Eleganz schlagartig lebendig. »Ja, hier sind wir. Und wer sind Sie?«

»Niemand, mit dem du dich näher befassen musst«, sagte Giles, so frostig, dass alle ihn entgeistert anstarrten. »Ja, Panner? Was kann ich für Sie tun?«

»Möchten Sie mich nicht ihren jungen Freunden vorstellen? Miss Summers, natürlich, wir hatten bereits das Vergnügen. Und ihr anderen seid bestimmt jener erlesene Kreis von Eingeweihten, die ihr, wie man hört, mit Rat und Tat zur Seite stehen. Das Jägerteam. Sehr interessant.«

»Sie wissen Bescheid über ...« Xander vollführte eine weit ausholende Geste, aus der nicht ganz klar wurde, ob er damit Buffy oder die gesamte Geschichte der Sunnydale High oder noch etwas anderes meinte. Cordelia zog den Kopf ein, als sein Arm bedenklich nah an ihrem Gesicht vorbeifegte.

»Panner ... arbeitet für den Rat«, erklärte Giles knapp. »Streng genommen ist er so etwas wie ein Beobachter, der sich einen Eindruck von unseren Methoden verschaffen soll. Was ich persönlich etwas ungewöhnlich finde, aber andererseits« – er warf seiner Jägerin einen warmherzigen Blick zu – »ist Buffy ja selbst einigermaßen ungewöhnlich.«

»In der Tat«, stimmte Panner ihm zu, während er es sich auf einem Stuhl bequem machte. »Bitte. Machen Sie doch weiter. Ich werde mucksmäuschenstill sein.«

»Eher mucksschlangenstill«, raunte Buffy Willow ins Ohr. »Schleimig und mit gespaltener Zunge. Und die Mäuse sind wir.«

Mit dem Versprechen, nach der Schule noch einmal vorbeizuschauen, um mit der Lagebesprechung fortzufahren, waren die Jugendlichen wieder in ihre Klassen geeilt – ohne Zweifel froh darüber, den abschätzenden Blicken Panners entronnen zu sein. Giles musste zugeben, dass er für einen Augenblick gehofft hatte, ihr Aufbruch würde ihn ebenfalls zum Gehen veranlassen. Es war nicht so, dass er ihm nicht traute. Viel mehr beunruhigte ihn sein eigenes in letzter Zeit häufig so aufbrausendes Temperament.

Und Panner war tatsächlich nur wenige Minuten länger geblieben. Nach einigen belanglosen Fragen, deren Scheinheiligkeit förmlich zum Himmel schrie, hatte er den Notizblock und das Aufnahmegerät wieder eingepackt und sich verabschiedet.

Ob frustriert oder erleichtert darüber, dass er die erste Runde hinter sich gebracht hatte, vermochte Giles nicht zu sagen.

Nachdem er nun endlich wieder allein war, nutzte er die Gunst des Augenblicks, begab sich an seinen Schreibtisch und nahm das Telefonbuch zur Hand, um seine Erkundigungen bei örtlichen Motels, Hotels und Pensionen nach einem kürzlich eingetroffenen Gast, dessen Beschreibung sich mit Ethan Raynes Erscheinungsbild deckte, fortzusetzen.

Doch erneut blieb seine Suche ohne Ergebnis.

Was, wenn es um Ethan ging, nicht viel heißen musste, dachte er grimmig. Dieser Mann war ein wahrer Meister in der Kunst des Abtauchens. Doch vielleicht würde er sich, wenigstens dieses eine Mal, mit reinem Drohgebaren zufrieden geben.

Doch nein, eher wuchsen Schweinen Flügel. Es musste einen bestimmten Grund für Ethans Anruf geben. Und worin auch immer er bestehen mochte, er bedeutete für sie alle ganz bestimmt nichts Gutes ...

Nachdem er alle Möglichkeiten ausgeschöpft hatte, blieb ihm nichts weiter übrig, als zu warten, bis Ethan sich wieder bei ihm meldete – oder, dachte Giles finster, bis etwas geschah, womit er ihn festnageln konnte, vorzugsweise mit einem spitzen Gegenstand. Er legte das Telefonbuch zurück in die Schreibtischschublade und wandte sich wieder den alltäglichen Aufgaben eines Schulbibliothekars zu, wie zum Beispiel dem Einsortieren zurückgebrachter Bücher, wenngleich ihre geringe Anzahl nicht eben von epidemieartig an der Sunnydale High ausgebrochenem Lesehunger zeugte. Er seufzte, als sein Blick auf eine beinahe unberührt aussehende Ausgabe des *Wildtöters* fiel.

»Ich glaube nicht, dass irgendjemand an dieser Schule auch nur einen einzigen Blick in dieses Buch geworfen hat.« Obwohl einige Lehrer James Fenimore Cooper durchaus auf ihrer Leseliste führten, die kürzlich aufgrund des Bibliotheksbestands an bedeutenden Beiträgen Amerikas zur Weltliteratur erstellt worden war. »Wenn sie mir nur früh genug Bescheid sagen würden, welche Werke sie in ihrem Unterricht zu besprechen gedenken«, murmelte Giles mürrisch, »wäre das wesentlich effektiver.«

Ein verhaltenes Kichern ließ ihn herumfahren und mit der Hand automatisch nach einem imaginären Pflock greifen, nur für den Fall, dass sich ein Korred in seine Bibliothek verlaufen hatte.

Doch stattdessen sah er sich zwei Lehramtsstudentinnen gegenüber.

»Entschuldigung«, sagte die kleinere von ihnen, Elaine, wie ihm nach der kurzen Schrecksekunde wieder einfiel. Sie schenkte ihm ein strahlendes Lächeln. »Wir wollten nur fragen, ob die aktuelle *Los Angeles Times* schon gekommen ist.«

»Ähm, ja. Sie liegt dort drüben auf dem Tisch mit all den anderen Zeitungen. Ich hatte leider noch keine Gelegenheit, sie durchzusehen.«

»Vielen Dank.« Sie grinste ihn kokett an, hakte sich bei ihrer

Freundin unter – wer konnte sich schon all die Namen merken? – und steuerte mit ihr auf den Tisch zu, um sich über die Zeitungen herzumachen.

Eingedenk Buffys Ansicht über Zufälle griff sich Giles ein paar Bücher, die passenderweise in das dem Tisch am nächsten stehende Regal gehörten, und trug sie zu ihrem Bestimmungsort, wohlweislich auf den quietschenden Bücherwagen verzichtend.

»Wie hast du heute Nacht geschlafen?«, hörte er Elaine die andere Studentin fragen. »Besser?«

»Oh, ja. Viel besser. Ich kann mich gerade noch daran erinnern, wie mein Kopf das Kissen berührt hat. Das Nächste, was ich gehört habe, war der Wecker.«

»Na prima.«

»Ja. Wurde auch allerhöchste Zeit. Noch eine weitere schlaflose Nacht und ich hätte völlig zombiemäßig ausgesehen.«

Giles zuckte zusammen, doch dann wurde ihm bewusst, dass sie ihre letzte Bemerkung wohl eher metaphorisch gemeint hatte. Offenbar lebte er bereits entschieden zu lange am Höllenschlund.

Beruhigt, dass es sich bei ihrem Gespräch offensichtlich nur um harmloses Geplapper handelte, wandte er seine Aufmerksamkeit wieder anderen Dingen zu, nur um im nächsten Augenblick so abrupt innezuhalten, dass er um ein Haar die beiden Exemplare des *Letzten Mohikaners*, die er in den Händen hielt, fallen gelassen hätte.

Hatte Elaine nicht gerade etwas von *Auflauern* und *Hinterherschleichen* gesagt?

Ihre Freundin ... Sheila war ihr Name, wie er sich nun erinnerte ... schüttelte lachend den Kopf. »Nein, nein. Halb so wild. Ich nehme an, die Fantasie ist ein wenig mit mir durchgegangen. Du weißt doch, so ein altes Städtchen kann ziemlich unheimlich sein, wenn man nachts mutterseelenallein durch gottverlassene Straßen irrt. Erst hatte ich nur eine kleine Gänsehaut, die dann zu einer großen Paranoia wurde. Siehst du? Dieses Seminar über Alltagspsychosen war letztlich doch zu etwas nütze. Ich kann mich selbst analysieren.«

»Sheila, hör mal, vielleicht solltest du die Sache nicht auf die leichte Schulter nehmen«, erwiderte Elaine mit ernstem Gesicht. »Du weißt doch, was für verrückte Typen es gibt, Spanner, Perverse, oder noch Schlimmeres – vielleicht solltest du zur Polizei gehen.«

»Aber da war nichts!«, versicherte ihr Sheila. »Hast du mir überhaupt zugehört? Wer immer es gewesen ist – *falls* dort jemand gewesen ist –, er scheint letztlich das Interesse an mir verloren zu haben. Da ist niemand, der nachts vor meinem Fenster herumschleicht. Höchstens vielleicht dieser Kotzbrocken aus der Abschlussklasse, der mich unbedingt seiner Mutter vorstellen möchte. Ein echter Norman-Bates-Verschnitt.«

»Ein harter Vergleich. Hart, aber treffend. Andererseits kann er wohl kaum schrecklicher sein als die anderen Typen, mit denen du sonst in letzter Zeit ausgegangen bist ...«

Das Gespräch driftete offenkundig in Bereiche ab, die für Giles weniger von Interesse waren. Doch er hatte bereits genug gehört.

»Ach du meine Güte«, brabbelte Willow aufgeregt, nachdem Giles sie in der Pause aufgestöbert hatte, als sie gerade den Computerraum verlassen wollte. »Ein Agenten-Job. Darin bin ich gut. Von mir nimmt ohnehin nur selten einer Notiz.« Sie unterbrach sich stirnrunzelnd. »Es ist nicht ganz koscher, hab ich Recht?«

»Für den Augenblick«, versicherte ihr Giles, »ist es zunächst einmal äußerst hilfreich. Aus Gründen, die du wahrscheinlich verstehen wirst, ist es mir nur schwerlich möglich, selbst ein Auge auf dieses Mädchen zu haben, geschweige denn, ihr zu nahe zu treten. Das Gleiche gilt für Xander, der, wie ich annehme –«

»Nein. Auf keinen Fall. Bloß nicht Xander auf sie ansetzen. Auf keine von diesen Tussen. Er hat schon genug Ärger mit den Mädchen, die er bereits kennt.«

»Und Buffy fällt ebenfalls aus. Sie hat andere dringende Aufgaben, um die sie sich kümmern muss. Ich fürchte, ich komme nicht umhin, dich um diesen kleinen Gefallen zu bitten. Wir müssen so viel wie möglich über diese junge Dame in Erfahrung bringen: wo sie wohnt, wer ihre Freunde sind, welche Vergangenheit sie hat. Es könnte auch nicht schaden, ihre Familienverhältnisse ein wenig abzuklopfen.«

Willow nickte, während sie seine Anweisungen in ihrem Gedächtnis abspeicherte. »Okay, also ganz nebenbei auch noch ein kleiner Hacker-Job. Hm, wie weit soll ich –«

Giles machte eine abwehrende Handbewegung und was er von ihr erwartete, war ihm zutiefst zuwider. »Sollten deine Nachforschungen dich an einen Punkt führen, der die Grenzen der Legalität überschreitet –«

»Wenn Sie nichts davon wissen, können Sie nichts dagegen tun. Und wenn ich Ihnen später nichts davon erzähle, können Sie auch nicht herumtoben, oder?«

Um Gottes Willen, er hatte gerade eine Schülerin zum Gesetzesbruch aufgefordert.

Doch die Ernsthaftigkeit der Lage ließ ihm kaum eine andere Wahl. Wenn sie den Korred tatsächlich wieder loswerden wollten, mussten sie zunächst Klarheit darüber haben, was ihn überhaupt erst hierhergelockt hatte. Und wenn diese Studentin der Schlüssel dazu war, galt es alles über sie herauszufinden. Mit welchen Mitteln auch immer, sie *würden* den Korred zur Strecke bringen.

Hoffentlich bevor er Gelegenheit fand, jemand von ihnen zur Strecke zu bringen.

9

Mitternacht. Alles lag friedlich und still. Das einzige Geräusch, das sie vernahm, war das Knirschen ihrer Stiefel auf dem von Gräbern gesäumten Kiesweg. Trotzdem wusste sie, dass sie nicht allein war. Ebenso wie sie nicht den geringsten Zweifel hegte, dass es kein lauernder Vampir war, dessen Nähe sie spürte.

Seit wie vielen Nächten stellte dieses unsichtbare Etwas ihr jetzt eigentlich nach? Nun, auf jeden Fall waren es zu viele. Sie wünschte, die Kreatur würde nur ein einziges Mal ihre feige Deckung verlassen und sich nur für ein paar Sekunden zeigen, lange genug jedenfalls, um ihr ein paar grundlegende Manieren beizubringen. Buffys Hände schlossen sich fester um Mr. Pointy. Obwohl, wie Giles befürchtete, nicht anzunehmen war, dass sie den Korred wie einen Vampir pfählen und pulverisieren konnte. Trotzdem würde er, wenn sie erst mit ihm fertig war, seine nächtlichen Ausgänge sehr bereuen, wirklich *sehr* bereuen.

Ein leises Kichern durchbrach die Stille – doch als sie herumwirbelte, sah sie ... nichts. Wieder einmal.

»Ich erwisch dich noch«, versprach sie ihrem unsichtbaren Kontrahenten. »Früher oder später krieg ich dich.«

Ja, genau. Und die *Battle of the Bands* würde ihr Finale mit einem Medley der beliebtesten Disney-Melodien begehen, dachte sie bitter.

»Buffy?«

Dieses Mal kam das Erkennen – vertraute Stimme, gehört dem Wächter, nicht aufspießen! – ihren Reflexen zuvor und bewahrte sie davor, sich einmal mehr mit einem Aufschrei auf einen Gegner zu stürzen, der keiner war. Mit einer raschen Handbewegung drehte sie den Pflock so, dass sein spitzes Ende nicht länger in Richtung des Neuankömmlings wies, während sie gleichzeitig versuchte, ihren keuchenden Atem wieder unter Kontrolle zu bringen.

»Ihr Wahnsinnigen solltet endlich damit aufhören, euch hinterrücks an mich heranzuschleichen. Schaut sich eigentlich niemand von euch Horrorfilme an?«

Giles band sich seinen Schal fester um den Hals und stopfte die Hände in die Jackentaschen. Buffy würde nie begreifen, wie jemand, der aus England kam, in einem Staat wie Kalifornien frieren konnte. Lag es vielleicht am Höllenschlund?

»Es hätte mir niemals gelingen dürfen, mich, wie du es ausdrückst, hinterrücks an dich heranzuschleichen. Wenn *ich* es schaffe –«

»Schafft es auch ein Vampir, ja, ich weiß. Tut mir Leid, ich bin heute Nacht ein wenig durch den Wind.«

»Der Korred?« Giles verzichtete auf weitere Ermahnungen und Belehrungen zugunsten der Neuigkeiten, die er von Buffy zu erfahren hoffte. Er passte seine Schritte den ihren an, um sie ein Stück auf ihrem Kontrollgang über den Friedhof zu begleiten, und bedeutete ihr fortzufahren.

»Ja. Ich glaube, ich habe sogar seine Augen gesehen, dort hinten, in den Büschen beim Zaun. Wirklich gruselig. Ganz kurz, nur für ein paar – hey!«

»Was ist?« Beide blieben unvermittelt stehen und Giles sah sie alarmiert an.

»Er ist weg. Ich meine, das merkwürdige Kribbeln in meinem Nacken ...« Sie wandte sich um und spähte in die Dunkelheit. »Ja, er ist tatsächlich fort. Schätze, er macht sich nichts aus Wächtern.«

»Gut möglich. Ich muss gestehen, der Gedanke, dass er sich zu langweilen beginnt und von allein wieder verschwindet, ist mir nicht gerade unsympathisch. Ich finde es einigermaßen beunruhigend, dass er genau zu dem Zeitpunkt hier aufgetaucht ist, an dem die *Battle of Bands* stattfindet.«

»Wieso denn das? Hey, wenn er sich ein paar dieser Bands vornehmen ...«

Giles' Blick ließ sie innehalten. »Okay, Sie haben Recht. Keine gute Idee. Nicht, dass nicht einige darunter wären, die kein Mensch vermissen würde, aber ...«

»So sehr es mich auch freut, dass du allmählich so etwas wie musikalisches Urteilsvermögen zu entwickeln beginnst, ein zu Untaten aufgelegter Korred in der Nähe einer solchen Massenveranstaltung könnte einigermaßen ... unerquicklich werden.«

»Warum? Ich meine, wenn er so viel Spaß daran hat, Leute tanzen zu sehen, wäre das nicht für uns *die* Gelegenheit, ihn einzusacken? Er würde von der tanzwütigen Meute angezogen werden wie die Motte vom Licht, und wenn wir uns nicht allzu dumm anstellen, läuft er uns direkt in die Arme.« Buffy vollführte mit den Händen eine Geste, die Giles sich als das genüssliche Verschnüren eines imaginären Päckchens zu deuten entschloss.

»Wir könnten ihn erwischen, ja. Aber ebenso besteht die Möglichkeit, dass er zuvor, angesichts dieser reich gedeckten Tafel, einen nicht wieder gutzumachenden Schaden anrichtet. Ich für meinen Teil würde nur äußerst ungern ein derartiges Risiko eingehen.«

»Oh. Richtig.« Ein satter Korred und einige tote Jugendliche wären schlecht. »Regel Nummer zwei: Biete einem hungrigen Monster niemals eine Vorspeise an.«

Einige Augenblicke gingen sie schweigend nebeneinander her.

»Giles?«

»Hmmm?«

Für einen kurzen Moment zog sie in Erwägung, ihm von ihrer letzten Begegnung mit Angel zu berichten, von den kryptischen Andeutungen, die Mr. Geheimnisvoll fallen gelassen hatte, entschied sich aber schnell dagegen. Die Sache war der Erwähnung nicht wert, zu viel Aufhebens um zu wenig Neues. Stattdessen brachte sie zur Sprache, was ihr den ganzen Abend bereits im Kopf herumspukte.

»Seit jener Nacht, in der der Korred zum ersten Mal hier aufgetaucht ist, spielen die Vampire anscheinend Verstecken. Die paar, die mir über den Weg gelaufen sind, waren völlige Luschen. Sie sind mir förmlich in den Pflock hineingestolpert. Das ist doch nicht normal, oder? Ich meine, insofern man in dieser Gegend überhaupt von normal reden kann. Glauben Sie, die Vampire haben Angst vor diesem Ding?«

Giles schüttelte den Kopf. »Ich halte das für eher unwahrscheinlich. Der Korred ist von dieser Welt, ein natürliches übernatürliches Wesen, wenn du so willst. Ein Dämon sollte eigentlich keine Veranlassung haben, sich vor ihm zu fürchten.«

»Oh. War nur so ein Gedanke.«

»Und gar nicht mal der schlechteste«, versicherte er ihr. Buffy schien sichtlich erfreut. Es geschah nicht oft, dass der Wächter ihre Einfälle lobte. »Aber vielleicht solltest du, da die Dämonen sich offenbar verkrochen haben, nach Hause gehen und ein wenig schlafen.«

»Das lasse ich mir nicht zweimal sagen.«

Schnaubend und fauchend irrte er umher, hastete hierhin und dorthin und fand doch nirgends Erleichterung. Etwas oder jemand zerrte an ihm, versuchte mit Magie seinen Willen zu brechen. Noch war es kaum mehr als ein störendes Ärgernis, vergleichbar einem ständigen und nicht zu stillenden Juckreiz, lästig, doch nicht wirklich bedrohlich – der Korred knurrte leise und erstarrte, zwang seinen keuchenden Atem zur Ruhe, drückte sich tief in das niedrige Buschwerk und wartete, bis die Gefahr vorüber war.

Maßlose Wut und Enttäuschung waren stärker gewesen als alle Vorsicht, wieder hatte er sich zu nah herangewagt, so töricht nah – das kämpferische Menschenmädchen hätte ihn beinahe entdeckt. Dieser lächerliche Holzstock vermochte ihm kaum ernsthaften Schaden zuzufügen, natürlich nicht, doch noch war er für die entscheidende Konfrontation nicht bereit!

Außerdem, dachte die Kreatur, nun wieder ein wenig ruhiger, sollte er jemanden, der eine solch faszinierende Kraft besaß wie diese junge Menschenfrau, nicht auf die gleiche Weise töten wie all die anderen, deren Ende allein dem Zweck diente, sein Hungergefühl zu beseitigen.

Der Korred nahm erneut Witterung auf, folgte seiner Beute jetzt in sicherer Entfernung, um so viel wie möglich über sie und ihr Verhalten in Erfahrung zu bringen.

Doch das Mädchen war nicht mehr allein. An ihrer Seite ging ein Mann, älter als sie, und trübte mit seiner spärlichen Präsenz ihren einzigartigen Glanz. Enttäuscht stieß der Korred abermals ein leises Knurren aus. Die Magie in dem Menschenmann war schwach, nur ganz schwach. War er vielleicht derjenige, dem er dieses quälende Zerren und Ziehen zu verdanken hatte, das ihn seit geraumer Zeit plagte?

Egal. Der Korred konnte warten. Er hatte all die langen Jahre nur überlebt, weil er sich nie kopflos auf irgendeine unbekannte Beute gestürzt hatte.

Und selbst wenn der Mann nicht von diesem merkwürdigen magischen Schimmer umgeben gewesen wäre, schien er doch schlicht und ergreifend zu alt, um wahren ... Genuss zu garantieren. Junge und unverbrauchte Lebenskräfte, das hatte ihn die Erfahrung seines langen Lebens – und leider auch die der jüngsten Vergangenheit – gelehrt, waren weitaus reichhaltiger, weitaus köstlicher.

Zudem besaßen junge Menschen mehr Kraft und Ausdauer, was den Akt des Besitzergreifens sehr viel amüsanter machte – und befriedigender.

Eine dünne schwarze Zunge fuhr über die Stummel von spitzen, scharfen Zähnen. Er erschauerte. Wieder spürte er den Hunger, der in seinen Eingeweiden tobte, ausgelöst von den magischen Angriffen, wütender denn je. Er war längst noch nicht gestillt.

Er würde all seine Kräfte benötigen, um sich dieses Mädchens zu bemächtigen. Kräfte, die er sich jetzt endlich beschaffen musste.

Der Korred verschmolz mit der Dunkelheit und stahl sich davon, um eine neue Jagd zu beginnen, folgte abermals dem verlockenden Aroma junger Menschenseelen und fand sich schließlich an jenem Ort wieder, wo die Luft vibrierte von den harten Schlägen lauter Musik. Er kauerte sich hinter einen Busch und verharrte dort mit der Unbeweglichkeit und Geduld eines lauernden Raubtiers. Dieses Mal würde er Beute machen …

Und die Beute kam.

Der Korred spannte jäh seine Muskeln und stieß ein heiseres, erwartungsvolles Fauchen aus. Seine Augen bekamen einen fiebrigen Glanz. Ah, jetzt endlich, endlich. Er erblickte einen jungen Menschenmann … vielleicht ein paar Menschenjahre älter, als die meisten anderen, die hier ein und aus gingen, aber immer noch jung … Er war aus dem Gebäude herausgestolpert, als hätte er von hinten einen Stoß bekommen, hatte sich noch einmal umgedreht, drohend die Fäuste erhoben und torkelte nun schimpfend und stammelnd davon.

Die Kreatur folgte ihm. Die Schritte des Mannes schienen ohne jedes Ziel, und alle paar Meter stieß er wilde Flüche aus, nur um im nächsten Moment in hysterisches Gekicher auszubrechen. Schließlich blieb er schwankend stehen, legte den Kopf in den Nacken und spähte in den Nachthimmel, starrte einfach nur unentwegt nach oben. Der Korred hob verwundert ebenfalls seinen Blick, doch außer Nebelschwaden und den schwachen Umrissen einiger Wolken konnte er nichts entdecken.

Doch bei Menschen war man vor Überraschungen niemals sicher, einer der Gründe dafür, warum sie eine so überaus attraktive Beute waren. Der Korred verzog seine Lippen zu einem hämischen Grinsen. Und dann begann er sein Lied.

Zu seinem Erstaunen unternahm der Mensch nicht einmal den Versuch, sich zur Wehr zu setzen. Die Augen weit aufgerissen ob der beängstigenden Dinge, die mit ihm geschahen, begann er zu tanzen. Mit dem Kopf im Nacken hüpfte und sprang er von einem Bein auf das andere, wand sich in wilden Verrenkungen, während der Korred, ein wenig verwirrt angesichts dieses allzu bereitwilligen Opfers, sich daranmachte, seinen Hunger zu stillen …

Doch irgendetwas war nicht richtig. Ein pulsierendes Flimmern legte sich über alles, irisierend und unwirklich. Der Korred schüttelte sein mächtiges Haupt, Schweiß verklebte sein zotteliges Haar. Und plötzlich explodierte die Welt in farbigem Licht. Der Anblick der Bäume war fast lustig … lustig … nein, erschreckend dunkel. Finsternis brach herein, schreckliche, alles verschlingende Finsternis, nicht wie die wärmende Geborgenheit einer dunklen Höhle, nein, kalt, entsetzlich kalt, als fließe ein Eisstrom durch seine Adern und ergösse sich in die hintersten Winkel seines Verstandes –

Der Korred ließ ab von seiner Beute und suchte taumelnd diesem Ort des Grauens zu entfliehen. Der Himmel schien zerbrochen und in Scherben auf ihn herabzuregnen. Er verkroch sich hinter einen Busch und schaufelte mit seinen Pranken verzweifelt ein Loch in die kalte Erde, um so dem Wahnsinn, der seine Sinne betäubte, zu entkommen.

Er verschwendete nicht einen Gedanken an sein Opfer, das hinter ihm unaufhörlich weitertanzte, schließlich vor Qual laut aufschrie, sich zusammenkrümmte und zu Boden stürzte.

10

Sunnydale High, Monument höherer Bildung und gesellschaftlicher Qualifikation. Ausgangspunkt für junge Menschen, die voller Zuversicht in eine sichere und sorgenfreie Zukunft blickten und so weiter und so fort – und so langweilig.

Buffy fuhr erschrocken zusammen. Sunnydale High, Hochburg des Lärms und des Radaus, würde es wohl eher treffen!

Irgendwo zu ihrer Linken drangen durch ein offenes Fenster die jämmerlichen Versuche eines fragwürdigen Sangestalents – ob männlich oder weiblich war nicht auszumachen –, sich über das schwerfällige und uninspirierte Wummern des E-Basses hinweg Gehör zu verschaffen. Zu ihrer Rechten, von Gott weiß woher, probte ein Möchtegerndrummer immerzu denselben Break – und versagte jedesmal aufs Neue.

Es bestand kein Zweifel. Die *Battle of the Bands* steuerte auf einen regelrechten Krieg zu. Und sie hatte nicht übel Lust, sich als UN-Friedenswächterin daran zu beteiligen.

Vielleicht, dachte sie, sollte ihre erste Intervention darin bestehen, dieser trommelnden Knalltüte das Drumkit um die Ohren zu hauen …

»Denk dran, Buffy. Gewalt ist keine Lösung.«

Buffy sah Xander verblüfft an. »Kannst du Gedanken lesen?«

Xander grinste. »Nicht nötig. Dein Gesicht spricht Bände. Da ist wieder dieser Ich-trete-gleich-irgendwas-durch-die-Wand-Ausdruck, den wir alle so schätzen und lieben. Und fürchten.«

»Okay. Schon verstanden. Tut mir Leid. Ich habe diese Woche einfach zu wenig Schlaf bekommen. Bin wohl ein wenig überreizt.«

»Buffy! Warte!« Willow kam stürmisch angerannt und rang sichtlich um Atem. »Habt ihr die Neuigkeit schon gehört? Ich meine, die Sache mit diesem Typen vom College?«

»Ja«, erwiderte Xander. »Genau das, was uns hier noch gefehlt hat: ein Vollidiot auf 'm Trip, der ausgerechnet in der Nähe des *Bronze* einen Herzinfarkt erleidet – Snyder wird begeistert sein, auch wenn der Kerl nicht von der Sunnydale High war.«

»Ein Herzinfarkt«, wiederholte Buffy beklommen.

Willow war, wie sich erwies, mal wieder bestens unterrichtet. »Er lebt noch, aber in dem offiziellen Bericht heißt es, er sei so mit Drogen voll gepumpt gewesen, dass es zwangsläufig zu einer Herzattacke kommen musste. Also kann es der Korred nicht gewesen sein, richtig?«

»Richtig. Vermutlich.« Der Lärm, den die probenden Bands veranstalteten, wurde lauter. Und unangenehmer. Der dusslige Drummer hatte soeben seinen Break in den Sand gesetzt – wieder einmal. Und der Sänger – oder die Sängerin – heulte erbärmlicher als Oz in einer Vollmondnacht.

»Lasst uns Giles suchen, bevor ich hier noch jemanden verletze.«

In der Bibliothek war es zwar leiser, doch von Ruhe konnte keine Rede sein. Die Invasion der Studenten hielt unvermindert an. Alle Angehörigen der Bibliothekarsgefolgschaft waren vollständig versammelt und hatten es irgendwie geschafft, jeden freien Arbeitsplatz restlos unter Bergen von Büchern und Zetteln zu begraben.

»Unterrichtspläne«, erklärte Elaine durch das Geplapper ihrer Kolleginnen und das Rascheln von Papier und bedachte Buffy mit einem Lächeln, das einigen Zweifel darüber aufkommen ließ, ob sie die Unannehmlichkeiten, die sie und ihresgleichen ihnen bereiteten, tatsächlich aufrichtig bedauerte. »Wir müssen sie alle durchgehen.«

»Klar. Schon in Ordnung.«

»Und natürlich brauchen sie dazu *unbedingt* die gesamte Bibliothek«, grummelte Giles, als er an Buffy vorüberging.

»Giles, wir können uns nicht einmal hier in Ruhe unterhalten! Nicht, solange diese Meute hier herumhockt. Und draußen, nun …«

»Ich weiß«, unterbrach er sie mürrisch. »Ich werde es mir verkneifen, euch einen Vortrag über moderne Musik zu halten, oder über Jugendliche, die noch niemals in ihrem Leben von *The Who* gehört haben.«

»Von wem?«, fragte Xander und rannte absichtlich ins offene Messer.

»Genau, sag ich doch. Vielleicht solltet ihr in Erwägung ziehen, mal außerhalb des Campus zu Mittag zu essen. Eure Verdauung würde es euch sicher danken. Ihr könnt heute Abend zu mir nach Hause kommen, ich habe alle Bücher, die wir benötigen, dort, zumindest für die Dauer dieser ... Invasion.«

»Das heißt, wir treffen uns gleich in Giles' Appartement«, übersetzte Willow für Xander.

»Hey, das habe selbst ich verstanden!«, raunzte er beleidigt zurück.

Hinter ihnen fuhren währenddessen die Bibliotheksgänse ungeniert mit ihrem Geschnatter fort. Der sonst so unerschütterliche Giles sah aus wie ein Amokläufer kurz vor dem Amoklauf.

Eilig brachten sich Buffy und ihr Team in Sicherheit.

Es war ein langer Tag gewesen. Und dabei hatte seine eigentliche Arbeit gerade erst begonnen. Rupert Giles verspürte etwas in seinem Rücken, und es hatte nichts mit der schweren Einkaufstüte zu tun, die er soeben in seinem Wagen verstaute. Er zuckte zusammen, richtete sich langsam auf – und bemerkte aus dem Augenwinkel heraus eine Silhouette, die ihm vage vertraut vorkam. Er lud die letzte Tüte ein, ließ den Kofferraum zuknallen und starrte der Gestalt hinterher, die sich eilig davonmachte.

Nein. Er hatte jedes einzelne Hotel und Motel in der Stadt überprüft, einschließlich jeder noch so heruntergekommenen Absteige, ohne Erfolg. Ethans Selbsterhaltungstrieb war wohl größer gewesen als die Versuchung, Giles zu verhöhnen, indem er direkt vor seiner Nase herumspazierte ...

Andererseits war dieser Bastard besonders stolz auf seine Unberechenbarkeit.

Der Brite ließ die Wagenschlüssel in seine Jackentasche gleiten und setzte der mittlerweile entschwundenen Gestalt mit weit ausholenden Schritten hinterher. Jeden Augenblick ...

Aha! Giles bog um die Ecke, packte seinen Gegenspieler an der Schulter und riss ihn herum.

»Rupert!« Ethan Rayne lächelte ihn mit geheuchelter Unschuld an. »Was für ein erfreulicher Zufall. Ich war gerade auf dem Weg zu dir.«

»Du zeigst erste Anzeichen von Todessehnsucht, Ethan.«

Sein einstiger Weggefährte setzte eine zutiefst gekränkte Miene auf, als er versuchte, die Hand des Wächters abzuschütteln. »Immer langsam mit den jungen Pferden, Rupert. Ich bin lediglich auf der Durchreise und wollte dir nur mal guten Tag sagen ... Wie geht es eigentlich deinen jungen Schützlingen?«

»Reiz mich nicht, Ethan. Ich bin wahrhaftig nicht in Stimmung für deine kleinen Spielchen.« Nicht jetzt, und auch nicht in Zukunft, fügte er in Gedanken hinzu.

»Ja. Ich weiß. Ein Moralapostel, das ist aus unserem alten Ripper geworden.«

»Muss ich wirklich wiederholen, was ich eben über deine Todessehnsucht gesagt habe?«

Ethans Lächeln wich gespielter Besorgnis. »Es gibt wieder Ärger in der Stadt, hab ich Recht?«

Giles fühlte, wie sich seine Muskeln spannten. Wut kochte in ihm hoch. Mit seiner Frage hatte Ethan einen wunden Punkt getroffen. Wie konnte dieser Kerl es wagen –

Nur nicht die Nerven verlieren, brachte er sich gleich wieder zur Räson. Ethan *wollte*, dass ihm der Kragen platzte. Daran hatte er schon immer eine höllische Freude gehabt. Besser, man ließ sich gar nicht erst darauf ein.

Nachdem er seinen aufwallenden Zorn in die Schranken gewiesen hatte, fragte Giles mit ruhiger Stimme: »Was weißt du, Ethan? Hast du vielleicht irgendetwas damit zu tun?«

Der andere schüttelte bedauernd den Kopf. »Ich glaube, das ist gar nicht nötig, mein lieber Ripper. Dieses wunderschöne kleine Städtchen ist mehr als in der Lage, selbst für ausreichend Chaos zu sorgen. Nicht, dass ich für die hier lebende Artenvielfalt nichts übrig hätte ... Hast du schon mal darüber nachgedacht, den ganzen Laden einfach auszuräuchern?«

Giles' Finger schlossen sich enger um Ethans Hemdkragen, und er zog ihn näher an sich heran. »Ich schwöre dir Ethan, sollte ich herausbekommen, dass du auch nur das Geringste mit dem, was in dieser Stadt geschieht, zu tun hast –«

»Vorsicht, Rupert. Du möchtest doch kein unnötiges Aufsehen erregen, oder? Deine Umgangsformen entsprechen nicht eben den gängigen Vorstellungen von einem Schulbibliothekar.«

Damit hatte er bedauerlicherweise Recht. So sehr es Giles auch widerstrebte, die Wahrheit nicht hier und jetzt aus Ethan herauszuquetschen, besann er sich und ließ den Schurken los.

»Schon viel besser!«, sagte Ethan und zupfte sein Jackett zurecht.

»Ich nehme an, du hast nichts Konkretes gegen mich in der Hand, stimmt's?«

Auch das entsprach der Wahrheit. Giles hatte so seine Vermutungen, doch leider keinerlei Handhabe, ihm die Ereignisse der jüngsten Vergangenheit in die Schuhe zu schieben – so gern er es auch getan hätte. »Verschwinde, Ethan.«

Mit einem niederträchtigen Grinsen auf den Lippen ließ Ethan ihn stehen. Giles blickte ihm nachdenklich hinterher und kehrte schließlich wieder zu seinem Wagen zurück.

Na prächtig, dachte er. Ein Korred, der Rat der Wächter, und nun auch noch Ethan. Eine Massenrevolte der Vampire wäre das kleinere Übel gewesen.

Willow machte es sich im Schneidersitz auf dem Sofa in Giles' Wohnzimmer bequem.

»Okay«, begann sie, den Blick auf den Bildschirm ihres Laptops gerichtet. »Sie hatten Recht, Giles. Sheila Humphries. Sie ist diejenige, die wusste, wie das Horn eines Einhorns aussieht, auch wenn sie hinterher behauptete, es sei keines gewesen, obwohl es doch eines war.«

»Einhorn?« Giles hatte wieder diesen Ausdruck im Gesicht, den er immer bekam, wenn eine neue Abnormität auf den Plan trat. Bevor er den eigentlichen Grund für ihr Treffen vergessen konnte, würgte Buffy das Thema rigoros ab.

»Tut mir Leid, Giles, die Einhornjagd muss warten. Keine Zeit für lange Geschichten, das einzig Interessante daran ist, um es kurz zu machen, dass diese Sheila offenkundig mehr über paranormale Dinge weiß, als sie sollte. Was sie nicht unbedingt entlastet.«

»Ja«, stimmte Giles ihr zu, »das dürfte sie auf unserer Liste von Verdächtigen ziemlich weit nach oben bringen.«

»Jedenfalls«, fuhr Willow fort, »hat sie eine wirklich unheimliche Familiengeschichte. Das würde zumindest erklären, woher sie ihre Kenntnisse hat. Und wieso sie in der Lage war, den Korred herzurufen.«

»Wir wissen nicht, ob sie es war, die den Korred hierhergelockt hat, Will. Ich meine, Giles hat doch gesagt, dass sie bei dem Gedanken, verfolgt zu werden, beinahe ausgeflippt wäre, richtig?« Nach Bestätigung suchend blickte sie den Wächter an.

»Es hörte sich nicht so an, als hätte sie bewusst etwas dazu beigetragen, nein«, stimmte Giles ihr zu, in der einen Hand zwei dicke

Bücher balancierend, während er mit der anderen gleichzeitig in einem weiteren blätterte.

»Aber vielleicht unbewusst«, erwiderte Willow hartnäckig. »Sie ist immer noch unsere Hauptverdächtige, stimmt's? Alten Berichten zufolge, und einigen wirklich interessanten Ahnenlegenden nach, auf die ich bei meinen Recherchen gestoßen bin, wurde sogar einer ihrer Vorfahren als Hexer gesteinigt!« Willow erschauerte. »Das muss … echt wehgetan haben. So etwas … machen sie doch heute nicht mehr, oder?«

»Beruhige dich, Willow«, beschwichtigte Buffy sie. »Machen sie nicht. Hm, machen sie doch nicht, oder?«, gab sie die Frage weiter an Giles.

Er blickte von seinen Nachschlagewerken auf. »Wie bitte? Oh, nein, nein, machen sie nicht. Nicht in Amerika. Nicht als legale Strafmaßnahme jedenfalls. Ich glaube, die am weitesten verbreitete Methode ist –« Ein Blick in Willows Gesicht ließ ihn auf der Stelle abbrechen. »Nun, lassen wir das. Ich denke, das ist im Augenblick unerheblich.«

»Hey, Giles, haben Sie keine Cola Light oder so was?«, fragte Cordelia und tauchte in dem schmalen Durchgang zwischen dem Wohnzimmer und dem, was in Giles' Appartement die Küche darstellen sollte, auf.

»Es tut mir Leid«, erwiderte Giles aufrichtig bedauernd. »Ich habe völlig versäumt, den Kühlschrank mit kalorienarmen Getränken aufzufüllen. Nächstes Mal werde ich dafür sorgen, versprochen.«

»Nächstes Mal? Wie lange soll dieser Zustand denn noch dauern?«, entgegnete sie bestürzt. In Anbetracht der Lage vergaß sie ihren Durst und setzte sich zu den anderen. »Ich meine, okay, die Bibliothek lass ich ja noch so gerade durchgehen, aber – was?«, fragte sie, als Xander versuchte, ihr mit der Hand den Mund zuzuhalten. »Was?«

»Ihr müsst entschuldigen«, wandte er sich an die anderen. »Sie hat hin und wieder diese Anfälle, und dann purzeln lauter seltsame Worte aus ihr heraus. Sie ist deswegen bereits in Behandlung.«

»Bitte Willow«, sagte Giles und ignorierte Cordelias zappelnde Versuche, sich zu befreien, »fahre fort. Wo warst du stehen geblieben?«

»Nun. Es gibt da so eine Art Muster. Sheila scheint keine … paranormalen Fähigkeiten zu besitzen. Zumindest gibt es niemanden, dem sie bisher aufgefallen wären. Doch sie kommt auf jeden Fall aus einer Familie, deren Ahnen ein angeborenes Talent in diesen Dingen besaßen ... glaube ich.«

»Glaubst du«, echote Buffy.

Willow zauderte einen Moment und scrollte durch ihr Datenfile. »Sie haben nachweislich gelebt, im Ernst. Obwohl sie keinen sonderlich guten Ruf genossen. Ich meine, immerhin sind sie aus ihrer Heimat verbannt worden ...« Sie löste den Blick von ihrem Monitor und sah die anderen mit großen Augen an. »Aus Cornwall, genauer gesagt. Vor mehr als hundert Jahren.«

Buffy setzte sich aufrecht. »Okay. Cornwall. Von dort stammt auch der Korred, richtig? Also ein Zusammenhang. Und bestimmt kein zufälliger. Das würde demnach bedeuten, dass Sheila durchaus über irgendwelche medialen Kräfte verfügt, auch wenn sie nichts davon ahnt. Und vielleicht riecht sie irgendwie nach Heimat. Also ist der Korred neugierig geworden und ihr gefolgt.«

»Ja ...« meinte Giles grübelnd. »Das klingt plausibel. Der Korred ist ihr nach Sunnydale gefolgt, angelockt von ihren zumindest ihm nicht verborgen gebliebenen Fähigkeiten ... und wurde hier von seinem eigentlichen Ziel abgelenkt, als er die weitaus stärker ausgeprägte übernatürliche Aura einer Jägerin witterte.«

»Das erzählen Sie mir nun bereits zum zweiten Mal, Giles. Was soll ich Ihrer Meinung nach tun, morgens nach dem Duschen ein Anti-Aura-Deo benutzen?«

»Ich fürchte, ganz so einfach wird es nicht sein.« Sein Tonfall klang amüsiert und verärgert zugleich.

»Ist es das überhaupt mal irgendwann? Okay, Sie brauchen darauf nicht zu antworten. Also Sheila hat ihn hier angeschleppt, unwissentlich, und dann hat dieser kichernde Schwerenöter seine Meinung geändert und beschlossen, dass er mich eigentlich viel knackiger findet. Na toll. Irgendwelche Ideen, wie man einen Korred fängt? Oder ihn zum Teufel jagt, bevor er jemanden umbringt?«

»Ich hoffe. Willow, wenn du so freundlich wärst, dich ums Internet zu bemühen? Ich werde mir in der Zwischenzeit meine Bücher vorknöpfen und sehen, ob ich etwas darüber herausfinden kann, auf welche Weise sich ein Korred von seinem erwählten Jagdrevier fortlocken lässt. Xander und Cordelia, ihr versucht herauszubekommen, ob in letzter Zeit noch weitere Tiere verschwunden sind.«Die vermissten Tiere könnten uns auf seine Spur führen. Aber versucht auf gar keinen Fall, ihn auf eigene Faust einzufangen!«

»Hey, kein Problem!«, beruhigte ihn Xander. »Ich bin zuverlässig im Nichteinfangen von Monstern.«

»Ach ja, und nehmt euch noch mal die Zeitungsberichte der letzen Tage vor, nur um sicherzugehen, dass wir nichts übersehen haben, irgendetwas, das nach dem missglückten Angriff eines Korred aussieht.« Giles schüttelte den Kopf. »Ich hätte niemals gedacht, dass ich für diese makabre Praxis, die Polizeiberichte in der Zeitung zu veröffentlichen, einmal dankbar sein würde ...«

»Und ich werde ... wieder mal in der Gegend herumstehen und versuchen, wie eine respekteinflößende Jägerin auszusehen«, ergänzte Buffy seine Auftragsliste. »Wirklich praktisch, dass man nie einen neuen Text lernen muss, egal, welches Stück gerade auf dem Programm steht.« Buffy rang sich einen bühnenreifen Seufzer ab.

»Du wirst später gebraucht«, versicherte ihr Giles. Buffy sah ihn an und schluckte. Der Ausdruck in seinen Augen verriet ihr, dass Giles damit rechnete, schon bald mit ersten Opfern konfrontiert zu werden, mit *toten* Opfern – und nicht mit den sterblichen Überresten irgendwelcher Hunde oder Katzen.

»Giles«, sagte sie leise, »dieser Junge vom College, der mit der Herzattacke. Und davor dieser arme Penner, der von einem Auto überfahren wurde. Denken Sie, das waren ...«

»Opfer eines fehlgeschlagenen Korred-Angriffs? Ich weiß es nicht. Für beide Fälle gibt es völlig natürliche Erklärungen. Aber«, fügte er hinzu und warf ihr durch seine Brillengläser einen sorgenvollen Blick zu, »ich halte ebenso wenig von Zufällen wie du.«

Warum, dachte Buffy, musste es bloß immer so weit kommen? Warum gelang es ihnen nie, diese üblen Kreaturen einzufangen und aus dem Verkehr zu ziehen, *bevor* sie größeres Unheil anrichten konnten? Warum war es immer ...

Warum, warum, warum. Sie sollte damit aufhören, ständig nach dem Warum zu fragen, schalt sie sich selbst. Warum? Darum! Es war eben so.

»Außerdem brauche ich allmählich was Anständiges hinter die Kiemen«, hörte sie Xander sagen. »Nichts gegen Ihre leckeren Knabbereien, Giles, aber im Augenblick steht mir der Sinn mehr nach Pizza.«

Ein lautes Grummeln in Buffys Magengegend verlieh seinem Antrag Nachdruck.

»Okay«, stimmte Giles zu. »Geht nur. Aber bleibt auf jeden Fall zusammen, alle. Solange dieser Korred noch frei herumläuft, sollte keiner von euch den anderen auch nur für einen Moment aus den Augen lassen.«

»Wenn's mehr nicht ist«, erwiderte Xander, umschlang mit einem Arm Cordelias Hüfte und legte den anderen um Willows Schultern. Erschrocken entwand sich Willow seinem plumpen Annäherungsversuch. Ohne sich von ihrer wenig schmeichelhaften Reaktion aus dem Konzept bringen zu lassen, setzte er hinzu: »Wir werden förmlich aneinander kleben.«

»Träum weiter, Xander«, verpasste Cordelia seiner Begeisterung einen Dämpfer, stieß seinen Arm zurück und marschierte schnurstracks Richtung Tür.

»Oh, was ist mit Oz?«, fiel Willow plötzlich ein. »Ich muss ihn unbedingt warnen, wegen seiner, nun, ihr wisst schon, wegen dieser ganzen Sache!«

Giles straffte sich. »Du meine Güte. Ja, daran habe ich überhaupt noch nicht gedacht. Am besten, du rufst ihn gleich an und hinterlässt eine Nachricht.«

Buffy wartete, bis Willow beim Telefon und Xander und Cordelia zur Tür hinaus waren, huschte dann auf den Wächter zu und sagte mit gesenkter Stimme: »Giles?«

»Hmmm?« Er hob den Kopf und verschob das Beseitigen der Krümel seines Knabbergebäcks auf später.

»Dieser Korred ... wenn er auf alles Übernatürliche abfährt, ...« Sie schaute zu ihrer besten Freundin hinüber, die offensichtlich gerade auf einen Anrufbeantworter sprach. »Besteht für Willow irgendeine Gefahr? Ich meine, wo sie doch so häufig mit magischen Dingen herumexperimentiert?«

Giles stellte die Teetasse, die er eben erst vom Tisch genommen hatte, wieder hin, nahm seine Brille ab und betrachtete sie, als würde die Antwort auf Buffys Frage jeden Augenblick auf ihren geschliffenen Gläsern erscheinen. »Darüber habe ich auch schon nachgedacht.«

»Und ...?«, hakte sie ungeduldig nach.

»Buffy, du solltest mittlerweile eigentlich wissen, dass es nicht auf jede Frage eine klare Antwort gibt, vor allem nicht, wenn Übersinnliches im Spiel ist. Aber um dich zu beruhigen, nein, ich denke nicht, dass sie sich in akuter Gefahr befindet. Dafür ist sie in die Materie noch nicht weit genug vorgedrungen. Bei dem derzeitigen Stand der Dinge und in Anbetracht der außergewöhnlich hohen paranormalen Aktivität, die hier am Höllenschlund zu verzeichnen ist, vermute ich eher, dass der Korred sich auf deine Aura konzentrieren wird, auf die der Jägerin, um genau zu sein.«

»Was ist mit Ihnen?«, fragte Buffy. »Schließlich wissen Sie eine ganze Menge mehr über Magie als Willow, und dann ist da noch die ganze Wächtergeschichte und so ...«

Giles lächelte, ein wenig bedauernd, wie ihr schien. »Ich glaube nicht, dass ich mit ihm sonderlich viele Probleme bekommen werde, leider.«

»Häh?«

»Meine Nachforschungen haben ergeben, dass die Korred vorzugsweise Opfern auflauern, die ein gewisses Alter nicht überschritten haben. Die Körper von Heranwachsenden geben mehr Energie ab, wenn du verstehst –«

»Sie meinen, er findet Sie zu alt?«

»Äh. Ja.«

»Gut.« Sie sah seinen betretenen Gesichtsausdruck und versuchte einen Rückzieher. »Ich meine ... je weniger Leute, um die ich mir Sorgen machen muss, desto besser. Ich werde diesem Spuk ein Ende bereiten, Giles. Irgendwie. Und bald. Ich bin es nämlich wirklich, wirklich leid, jede Nacht auf dieses Arsch zu warten, bis er mich zu guter Letzt doch noch kriegt. Jemand sollte diesem lästigen Kicherer sagen, dass wir uns in den Neunzigern befinden und dass es den Frauen heutzutage überhaupt nicht gefällt, wenn ihnen nachts jemand durch die Stadt folgt.«

11

Selbstverständlich hatte sich Rektor Snyder mit aller Vehemenz dagegen ausgesprochen, »eine ehrbare Bastion der Erziehung und Bildung zum Schauplatz eines durch und durch kommerziellen Spektakels zu degradieren«. Soweit Buffy es beurteilen konnte, war diese Formulierung nur eine weitere Umschreibung dafür, dass er die Vorstellung, jemand könnte bei einer Veranstaltung, die mit seinem Namen in Verbindung stand, irgendwelchen Spaß haben, abgrundtief hasste. Doch schließlich war sein Einspruch von der Schulbehörde abgewiesen worden mit der Begründung, dass das Interesse von Teenagern an Musik – gleich welcher Musik – grundsätzlich zu begrüßen und zu unterstützen sei. Und nun zierten Spruchbänder, die von der bevorstehenden *Battle of the Bands* kündeten, beinahe jede Durchgangstür der Sunnydale High.

Wenngleich die meisten von ihnen, da aus minderwertigem Krepppapier gefertigt, bereits reichlich zerfleddert waren. Und natürlich verfing sich Giles, der neben Willow ging, in einem herunterhängenden grellgelben Plakatfetzen. Mit viel Geduld und Fingerspitzengefühl schaffte er es irgendwie, sich von dem hinterhältigen Spruchband zu befreien, ohne kaum mehr als ein paar Zentimeter abzureißen. Buffy gelang es nur mit Mühe, ein Lachen zu unterdrücken.

»Sie denken also, dass dieser Obdachlose vielleicht doch von dem Korred angegriffen wurde?«, fragte sie ihn schließlich.

»Möglicherweise.« Nachdem er seine kurzzeitig ins Wanken geratene Bibliothekarswürde wieder hergestellt hatte, setzten sie ihren Weg fort. »Magie ist wie Hochleistungssport, sie erfordert enorm viel Kraft, und die muss sich der Korred irgendwo herholen. Hinzu kommt, dass das andere Opfer, dieser bedauernswerte Junge vom College, etwas von einem übermächtigen Drang zu tanzen erwähnt hat.«

»Hey, das haben Sie mir noch gar nicht erzählt!«

»Äh … nein.« Giles sah Buffy von der Seite an. »Offen gestanden habe ich mich schon seit längerem gefragt, wie der Korred es anstellt, sich nur mit dann und wann einem Eichhörnchen oder gelegentlich herumstreunenden Hunden über Wasser zu halten.«

Buffy spürte einen Anflug von Verärgerung. »Und Sie hielten es nicht für nötig, mit mir darüber zu reden?«

»Hätte es uns in unseren Nachforschungen in irgendeiner Weise weitergebracht?«

»Nein«, musste Buffy eingestehen. »Wir arbeiten ohnehin schon unter Hochdruck. Aber trotzdem, ich finde, es ist nicht der richtige Augenblick, mit irgendetwas hinterm Berg zu halten, okay?«

»Abgemacht. Von heute an werde ich dich über alle Anomalien und Instabilitäten, die über das am Höllenschlund übliche Maß hinausgehen, umgehend in Kenntnis setzen, damit auch dir graue Haare wachsen, während du dich verzweifelt bemühst, ihnen auf den Grund zu gehen.«

»Okay, wieder die sarkastische Tour. Besser, Sie lassen das. Die Leute könnten sonst denken, dass Sie so etwas wie Humor besitzen, und wir werden sie nie wieder aus der Bibliothek herausbekommen.«

»Was, um alles in der Welt, macht Willow da?«, entfuhr es Giles, und er erstarrte mitten in der Bewegung.

Seinem Blick folgend sah Buffy auf den Schulhof hinunter. Kein Zweifel, dort stand Willow, sprach Schüler wie Lehrer gleichermaßen an und wedelte mit Blättern vor ihren Gesichtern herum. Ihre Miene zeigte eine Kombination aus ungläubiger Befriedigung, wenn ihr jemand einen Zettel abnahm und tatsächlich las, und erschreckter Ungläubigkeit ob ihrer eigenen Kühnheit.

»Wahre Liebe ist stärker als alles andere, Giles«, sagte Buffy, die die Situation mit einem Blick erfasst hatte. »Wahrscheinlich hat Oz ihr einen Stapel *Battle of the Bands*-Flyer in die Hand gedrückt, mit der Bitte, sie zügig unter die Leute zu bringen, damit heute Abend im *Bronze* die Sunnydale High auch gebührend vertreten ist. Bedenkt man außerdem, wie grottenschlecht die meisten High-School-Bands sind, dürfte es ein Heimspiel für die *Dingoes* werden.«

»Clevere Strategie. Äußerst beeindruckend.«

»Hey, Oz mag vielleicht manche Dinge ein wenig zu lasch angehen, doch seine Musik nimmt er überaus ernst. Seine Musik und Willow. Man kann von ihm behaupten, was man will, auf jeden Fall ist er ein Mann mit klaren Prioritäten.«

Genau in diesem Moment knüllte ein besonders widerwärtiger Teenager einen der Handzettel empört zusammen und schleuderte ihn Willow an den Kopf, die daraufhin, als habe sie eine schallende Ohrfeige bekommen, wie zur Salzsäule erstarrt innehielt und ein Gesicht machte, in dem Wut und Betroffenheit um die Vorherrschaft zu ringen schienen.

»Ups. Höchste Zeit für etwas moralischen Beistand«, sagte Buffy. »Wenn Willow sich auf die Füße getreten fühlt, weiß man nie genau, ob sie jeden Moment mit Blitzen um sich zu schleudern beginnt oder ihre Widersacher in Frösche verwandelt.«

»Frösche«, murmelte Giles, sichtlich beunruhigt, vor sich hin und folgte der Jägerin die Treppe hinab. »Soviel ich weiß, steht in der Bibliothek nicht eine einzige Zauberspruchsammlung, die mit Fröschen zu tun hat. Oder etwa doch?«

»Oh! Hey! Hier, für dich, eine Einladung. Die *Battle of the Bands*, heute Abend im *Bronze*. Mehr als ein halbes Dutzend Bands, einschließlich unserer *Dingoes*, und das alles zu einem lächerlichen Komplettpreis von –«

»Hey. Will. Komm wieder runter, ich bin's. Ich habe bereits versprochen, dass ich da sein werde, um unsere Jungs anzufeuern, schon vergessen?«

»Oh.« Willow blinzelte und registrierte, wer ihr gegenüber stand. »Tut mir Leid. Ich spule das einfach nur so ab, ohne nachzudenken, sonst würde ich mich andauernd verhaspeln. Seid ihr schon länger hier? Habt ihr gesehen, ich war gut, stimmt's? Mit dem Zettelverteilen und so.«

Buffy wandte sich um und blickte Giles vorwurfsvoll an, der abwehrend mit dem Kopf schüttelte. »Ich habe sie heute Morgen nicht mal in die Nähe der Kaffeekanne gelassen«, beteuerte er seine Unschuld. »Äh, Willow, falls deinen Verpflichtungen als Marktschreierin Genüge getan ist …«

»Sicher. Hier.«

Bevor Buffy reagieren konnte, drückte Willow ihr die restlichen Flyer in die Hand – die die Jägerin umgehend an Jonathan weiterreichte, einen Mitschüler, der sich mit einem bösen Blick bedankte. »Job erledigt«, sagte Buffy.

»Ah ja«, erwiderte Giles fahrig. »Willow, ich bin in einem der Polizeiberichte auf einige Ungereimtheiten gestoßen, die wir uns vielleicht etwas näher anschauen sollten. Alles deutet darauf hin, dass vor zwei Nächten ein Obdachloser von einem PKW erfasst und dabei tödlich verletzt worden ist – der Mann ist angeblich auf die Straße getaumelt, als wäre er völlig betrunken oder sterbenskrank gewesen.«

»Äh, Giles«, wandte Buffy vorsichtig ein, »das sind für uns keine Neuigkeiten.«

»Nein, leider. Aber das Ungewöhnliche daran ist, soweit ich es ohne gründliche Einsicht in das medizinische Gutachten überhaupt beurteilen kann, dass der Mann weder betrunken noch krank war, lediglich ... zu Tode erschöpft.«

Willow blinzelte abermals. »Sie glauben also, dass der Korred ...«

»Das können wir nicht mit Bestimmtheit sagen. Nicht ohne ein paar zusätzliche Informationen. Normalerweise tötet ein Korred seine Beute. Natürlich besteht die Möglichkeit, dass der Mann es irgendwie geschafft hat zu fliehen, oder dass der Korred von ihm abgelassen hat, als er des jämmerlichen Zustands seiner Beute gewahr wurde, deren ohnehin versiegende Lebensenergie nicht einmal annähernd ausgereicht hätte, seinen Hunger zu stillen. Aber, Willow –«

»Schon verstanden. Sie möchten, dass ich Ihnen die ausführlichen medizinischen Berichte verschaffe, sowohl was den Obdachlosen als auch diesen Junkie vom College anbelangt, sodass wir im Falle etwaiger Parallelen möglicherweise einige Rückschlüsse auf die Vorgehensweise des Korred ziehen können. Internet-Recherche. Cool!«

Buffy und Giles sahen sich konsterniert an. »Manchmal macht sie mir richtig Angst«, gestand ihm Buffy mit gedämpfter Stimme.

»Unter normalen Umständen würde ich es kategorisch ablehnen, dich in deinen, äh, unerlaubten Ermittlungsmethoden zu bestärken. Aber –«

»Giles, reden Sie nicht drumherum. Sie wollen doch Ergebnisse, oder nicht?«, unterbrach ihn Buffy.

»– uns bietet sich hier die einmalige Gelegenheit zur Feldforschung auf einem Gebiet von solch –« Erst jetzt drangen ihre Worte in sein Bewusstsein vor. »Ja. Na ja. Das heißt ...«

»Geht klar!«, beendete Willow seinen Gewissenskonflikt. »Bin schon unterwegs.«

Als er sie voller Tatendrang davonstürmen sah, kam Giles nicht umhin, der Jägerin Recht zu geben. »In der Tat. Wirklich beängstigend«, stellte er nüchtern fest. »Doch nun zu unseren Plänen für heute Nacht.«

Buffy langte mit beiden Händen an dem Vampir vorbei, der sich soeben anschickte, ihr einen dicken Knutschfleck zu verpassen, packte ihn am Genick und ließ ihn mit einem heftigen Ruck im hohen Bogen über ihren Kopf hinwegfliegen. Mit einem beruhigenden dumpfen Geräusch klatschte er unsanft auf das Straßenpflaster, wo er sich wenige Augenblicke später, nachdem Buffy ihm nachgesetzt war, um ihm mit ihrem Pflock den Rest zu geben, in nicht weniger beruhigenden schmutzig grauen Staub auflöste.

»Ich würde sagen, das war eine sieben Komma fünf«, entschied sie. »Inklusive Punktabzug dafür, dass es ihm beinahe gelungen wäre, mich mit seinen dreckigen Pfoten zu berühren. Damit läge mein Tagesdurchschnitt bei ... siebenundzwanzig Komma sechs. Und da behaupten immer alle, ich hätte von Mathe keine Ahnung.«

Mit einem grimmigen Lächeln auf den Lippen steckte sie den Pflock wieder ein, warf einen Blick auf ihre Armbanduhr und sondierte die nähere Umgebung. Erst jetzt bemerkte sie, dass ihr Weg sie in einen Teil der Stadt geführt hatte, der ihr relativ neu vorkam.

»Wie reizend. Noch eine Anlaufstelle für Touristen. Und außerdem der ideale Ort für einen durchgeknallten Serienkiller, um gleich jetzt aus einer dunklen Ecke hervorzuspringen und über mich herzufallen«, murmelte Buffy. »Wie in einem dieser bescheuerten Filme. Einer von denen, in dem der Typ sagt: ›Hey, du siehst im Keller nach‹. Und die Tusse ist dann zu dämlich, eine Taschenlampe mitzunehmen. Eine funktionierende Taschenlampe.«

Na ja ... andererseits hatte sie auch keine dabei.

Und Fakt war, dass dies genau eine von jenen unheimlichen und nebelverhangenen Nächten war, die Regisseure dieses Genres so sehr lieben. Die perfekte Horrorkulisse.

»Obwohl ein Serienkiller wahrscheinlich einen großen Bogen um Sunnydale machen würde. Es sei denn, er gehört zur Spezies der Vampire, doch dann wäre sein Name Drusilla. Und dieses Problem ist längst nicht mehr aktuell.«

Es war immer ein beunruhigendes Zeichen, wenn sie während ihrer Patrouille anfing Selbstgespräche zu führen. Im Moment wäre ihr selbst Cordelias Gesellschaft willkommen gewesen. Die paar Vampire, die sich eher zufällig in ihre Nähe verirrt hatten, waren echte Greenhorns gewesen und kaum eine wirkliche Herausforderung. Die Beseitigung dieser Stümper war das reinste Kinderspiel gewesen, geradezu langweilig, obgleich sie ständig das Gefühl gehabt hatte, dass sich irgendwo irgendjemand über sie halb totlachte.

Der Korred. Darauf würde sie ihren letzten Dollar verwetten. Vorausgesetzt, sie hätte noch einen, räumte sie in Gedanken ein.

War da nicht ein Geräusch gewesen? Buffy wirbelte herum – und ein wütendes Etwas donnerte auf sie zu! Blindlings machte sie einen Satz zur Seite –

Idiotin, schalt sie sich selbst. Bloß eine Eule. Noch mal Glück gehabt.

Der aufgeschreckte nächtliche Beutejäger hatte sich wie ein Kamikazeflieger auf sie gestürzt und war nur haarscharf an ihrem Kopf vorbeigesegelt. Nachdem sich ihr Pulsschlag wieder etwas beruhigt hatte, legte Buffy die Angelegenheit mit einem Schulterzucken zu den Akten und setzte ihren Weg fort. Eine weitere Nacht, ein weiterer einsamer Spaziergang, ein paar weitere aufgespießte Vampire. Ein weiterer völlig normaler Arbeitstag im Leben einer Jägerin. Und noch immer weit und breit keine Spur von dem mitternächtlichen Kicherer. Bis jetzt.

»Wow. Endlich Action. Ich fürchte nur, leider keine besonders spaßige.«

Vor ihr blinkten grelle Lichter durch die Nacht – sie hatte immer gewusst, dass sich ihr Vermögen, Blaulicht von dem schwachen Kegel einer Taschenlampe zu unterscheiden, eines Tages bezahlt machen würde. Es handelte sich definitiv um ein Polizeiauto. Unter voller Beleuchtung zwar, doch ohne Sirene ... ja, und das Fahrzeug, das, etwa in Höhe der massiven Friedhofspforten, dicht hinter ihm hielt, war ohne Frage ein Krankenwagen.

Sie schienen es nicht eilig zu haben, was meist nichts Gutes verhieß. Die Vampire konnten nichts damit zu tun haben, das hätte sie bemerkt. Hoffte sie jedenfalls. Hatte womöglich der Korred ... »Vielleicht sollte ich ...« Sie drückte sich in die nächtlichen Schatten, spähte hinüber zu den Einsatzfahrzeugen und durchlitt einen bei ihr seltenen Moment der Unentschlossenheit.

»Nein, besser nicht. Wenn dieses arme Opfer tatsächlich auf das

Konto der Vampire geht, kann ich ohnehin nichts mehr tun. Giles wird schon wissen, ob es jemanden gibt, der besonders dringend aufgespießt werden muss, bevor er in der kommenden Nacht ein weiteres Beispiel für die Unlebensart von Untoten geben kann.«

Außerdem würde man ihr, wenn sie sich jetzt dort blicken ließ, mit ziemlicher Sicherheit einige äußerst unangenehme Fragen stellen, etwa, was ein Teenager wie sie mutterseelenallein nachts auf dem Friedhof verloren hatte.

»Es tut mir Leid, wer immer du gewesen bist«, flüsterte Buffy sanft und ging ihres Weges.

»Hey«, begrüßte Willow Buffy, als sie sich am nächsten Morgen vor der Schule trafen. »Du siehst fertig aus. Schlechte Nacht gehabt?«

»Hab schon bessere erlebt.« Sie zuckte beiläufig mit den Schultern. »Aber auch jede Menge schlechtere.«

»Wem sagst du das. Ich habe fast bis Mitternacht an einem Programm herumgebastelt, das uns bei künftigen Recherchen äußerst hilfreich sein dürfte. Trotzdem, hat richtig Spaß gemacht – los, komm, wir haben noch etwas Zeit, bevor der Unterricht beginnt, ich führ's dir mal vor.«

»Klar. Warum nicht?« Nichts war besser geeignet, ihr Ego auf das Selbstwertgefühl eines mit den Gesetzen höherer Physik konfrontierten Neandertalers schrumpfen zu lassen, als ein ausgebufftes Hackerprogramm. »Muss mich nur eben zurückmelden, damit Giles sich keine unnötigen Sorgen darüber macht, ob ich es auch heil bis zur Schule geschafft habe.«

»Hey.« Willow stieß die Tür zur Bibliothek auf und blieb verblüfft stehen. »Keine Groupies. Wir haben wieder ein Zuhause!«

»Der Tag ist noch jung«, erwiderte Buffy und versuchte jegliches Aufkommen von Hoffnung im Keim zu ersticken.

Nachdem sie von ihrem angestammten Tisch Besitz ergriffen hatten, bevor eine der College-Studentinnen versuchen konnte, ihnen den Platz streitig zu machen, blickte Willow die Jägerin mit einem nervösen Grinsen auf den Lippen erwartungsvoll an. »Und? Wie ist es gelaufen?«

»Ich weiß nicht. Eigentlich hab ich nur die Cops und einen Krankenwagen –«

»Buffy. Ich rede von der Klausur. Erinnerst du dich? Du hast Mathe geschrieben.«

»Oh. Nicht schlecht, denke ich. Wer weiß? Schon möglich, dass ich's diesmal gepackt hab.«

»Cool!« Willow zögerte einen Moment, bevor sie die nächste Frage stellte: »Hast du wirklich letzte Nacht nichts Genaueres herausbekommen? Ich meine, schließlich warst du ziemlich nah dran. Konntest du irgendwas erkennen?«

»Äh, zum Beispiel? Denkst du an etwas Bestimmtes?«

»Sie haben jemanden gefunden, direkt vor –«

»Der Friedhofspforte. Will, den Teil der Geschichte kenne ich bereits. Weißt du, wer es war?«

»Irgend so ein Typ mit einem reichlich merkwürdigen Namen. Hm, Bear*irgendwas*. Nightbear. Morgan Nightbear. Ein Kerl wie ein Baum, mit langem Zopf, glaube ich. Von einem dieser Instandhaltungstrupps, wahrscheinlich derjenige, der immer auf die Leiter musste, wenn irgendwo ein Fenster zu reparieren war. Ich denke, dass er nebenher noch für die Kreisverwaltung gearbeitet hat, da von einer defekten Friedhofspforte oder so die Rede war, die er wieder in Ordnung bringen sollte.«

Der Name kam Buffy vage vertraut vor. »Mensch, warte mal ... der war doch an unserer Schule, stimmt's? Hat er nicht hier seinen Abschluss gemacht? Erst vor ein paar Jahren?«

»Stimmt genau. Hat das College geschmissen und ist wieder nach Sunnydale zurückgekehrt.« Willow machte eine Pause. »Stell dir bloß mal vor, er *wollte* partout auf dem Friedhof arbeiten – oh. Ich meine natürlich nicht –«

»Ich *will* dort nicht arbeiten, Willow. Es hat sich ... einfach so ergeben. Hey, er war nicht viel älter als wir! Außerdem hätten sie ihn ohne ordnungsgemäße amtsärztliche Untersuchung bestimmt nicht eingestellt, oder?«

»Ich schätze, nein.« Ihre Freundin neigte den Kopf zur Seite und schien sich zu fragen, worauf Buffy hinauswollte.

»Also ist anzunehmen, dass er nicht wie die anderen eines mehr oder weniger natürlichen Todes gestorben ist, richtig?«, folgerte Buffy mit wachsendem Unbehagen. Und sie hatte in der vergangenen Nacht auf eine nähere Inspektion des Friedhofs verzichtet. Wäre sie nicht so nachlässig gewesen, hätte sie vielleicht ...

»Koronarer Zusammenbruch«, stellte Giles, der sich ihnen unbemerkt von hinten genähert hatte, sachlich fest.

Buffy sank in ihrem Stuhl zurück und fühlte sich auf eigenartige

Weise erleichtert, bis sie schlagartig die Erkenntnis traf, was seine Worte zu bedeuteten hatten.

»Oh. Sie meinen …«

»Infarkt? Sein Herzschlag wurde immer weiter beschleunigt, bis zum Exitus«, sagte Willow nickend und mit weit aufgerissenen Augen.

Xander und Cordelia betraten die Bibliothek gerade rechtzeitig, um Willows letzten Satz noch mitzubekommen.

»Habe ich richtig gehört? Dieser Typ, den sie heute Nacht gefunden haben, hat sich zu Tode getanzt?«, vergewisserte sich Xander. »Äußerst makaber. Selbst für am Höllenschlund herrschende Verhältnisse. Wirklich schauerlich.«

»Einfach abartig«, fühlte sich Cordelia genötigt hinzuzufügen. »Also, was sollen wir jetzt tun?«

Giles rückte einmal mehr seine Brille zurecht. »Unsere Anstrengungen ebenfalls beschleunigen. Ähm, Buffy, wir müssen deine Patrouillen verschärfen. Ich fürchte, das gemeinsame Essen mit deiner Mutter –«

»Ist gestrichen. Damit kann ich leben. Ich denke, Mom ebenfalls. Sie ist auch der Meinung, dass zu viele Leichen ohnehin nur der Verdauung schaden.«

»Das findest du wohl witzig?«

Die scharfe, nicht ganz akzentfreie Stimme ließ alle zusammenzucken.

Giles gewann als Erster seine Fassung zurück. »Panner.«

»Natürlich Panner.« Der Beobachter stakste wutschnaubend auf die Gruppe zu. Genau wie ein bis zur Weißglut gereizter Lehrer, dachte Buffy. »Was glauben Sie, was Sie hier tun?«, polterte er los. »Häh? Was?«

»Wir tun unseren Job.« Giles presste die Worte förmlich zwischen den Zähnen hervor, aus den Augen hinter seinen Brillengläsern blitzte eisige Kälte.

»Und ist für diesen Job, ich frage Wächter wie Jägerin, ist für diesen Job zwangsläufig eine solch unbegreifliche *Ineffizienz* vonnöten?«

»Hey.« Willows Stimme klang nicht sehr laut, doch entschlossen und selbstbewusst. »Das ist nicht fair.«

Zu Buffys Erstaunen glätteten sich die Zornesfalten auf Panners Stirn ein wenig. »Dich trifft keine Schuld, mein Kind. Niemand kann von dir erwarten, dass du mit Problemen dieser Größenordnung fertig wirst.«

Willows Miene wurde völlig ausdruckslos. Was, wie Buffy wusste, nur ihre sehr höfliche und zurückhaltende Art war zu sagen: »Jetzt sind sie ganz unten durch, Mister.«

»Gehen Sie, Panner«, kam es über Giles' Lippen, und es klang beinahe wie ein Knurren. »Lassen Sie uns arbeiten.«

Für einige lange Sekunden verharrten sowohl Giles als auch Panner in absoluter Bewegungslosigkeit. Dann schüttelte Panner den Kopf. »Ganz wie Sie wollen.« Er machte auf dem Absatz kehrt und stapfte davon. Doch bevor sich die Tür hinter ihm schloss, fügte er über die Schulter gewandt hinzu: »Fürs Erste.«

Xander durchbrach die Stille, die eingetreten war. »Mann, Sie haben wirklich ein paar echt kauzige Jugendfreunde.«

»Ja. In der Tat. Am besten, ihr vergesst ihn einfach. Wir sollten lieber noch einmal den augenblicklichen Stand der Dinge rekapitulieren.«

»Genau.« Buffy begann die einzelnen Fakten an ihren Fingern aufzuzählen. »Lasst mal sehen. Der Korred ist hinter Sheila her und wir wissen nicht, ob sie weiß, dass sie in Gefahr schwebt. Oder auch nicht mehr, seitdem die Kreatur mich gerochen hat. Womit wir einen Korred hätten, der hinter *mir* her ist. Ich wiederum bin hinter den Vampiren her, die in der vergangenen Woche fast vollständig durch Abwesenheit geglänzt haben, und das ohne jegliche Entschuldigung. Und, *ta-da*, schon bin ich hinter einem Korred her, der es definitiv nicht gut mit uns meint. Habe ich irgendetwas vergessen?«

»Wir sollten noch jemanden in unsere Überlegungen einbeziehen«, entgegnete Giles widerwillig. »Ethan Rayne.«

Buffy seufzte. »Natürlich. Ohne ihn wär's keine richtige Party.«

»Dieser grauenhafte Kerl.« Cordelia erschauerte theatralisch. »Was will *er* eigentlich?«

»Ich bin nicht ganz sicher. Wie ich Ethan kenne, möglicherweise den Korred. Möglicherweise aber auch nicht.«

»Oh, Spitze!«, sagte Xander. »Genau, was wir brauchen, eine weitere Komplikation. Ich würde vorschlagen, wir besorgen uns einen großen Block, eine Staffelei und jede Menge Farbmarker und fertigen eine Übersichtsskizze davon an, wer wen was getan hat.«

»Wem«, korrigierte ihn Giles geistesabwesend.

»Von mir aus.«

Buffy schaute in die Runde. »Also schön, reden wir Klartext. Der Korred hat seine Jagd begonnen. Das bedeutet, dass er stärker wird. Und irgendwann ist er dann schließlich stark genug ... es ist nur eine Frage der Zeit, bis er sich eine von uns beiden, entweder Sheila oder mich, vornimmt.« Sie hob mit gespielter Unbekümmertheit die Achseln. »Sollte ich es sein, hey, kein Problem. Ich hab schon schlimmeren Gegnern gegenübergestanden. Und dann soll dieser widerliche, pelzige kleine Spanner mal was erleben.«

Willow ließ ihren Blick von Giles zu Buffy wandern. »Aber was ist mit Sheila – *sie* kann sich nicht gegen ihn zur Wehr setzen. Immerhin könnte er sie ja zuerst erwischen.«

»Guter Einwand«, gab Xander ihr Recht. »Aber was können wir dagegen tun? Ich meine, dies mag vielleicht ein Eldorado für seltsame Gestalten sein, aber trotzdem kann man nicht einfach jemanden beiseite nehmen und ihm sagen: ›Hey, stell dir mal vor, da ist so ein verrückter Tanzbär hinter dir her, er wird dir irgendwann in den nächsten Tagen deine –‹ was war es noch gleich, was er einem aussaugt?«

»Die Lebensenergie«, erklärte Giles geduldig. »Dein *Chi*, wenn du so willst. Eine Essenz –«

»Richtig, ›deine Lebensenergie aussaugen.‹ Obwohl«, fügte Xander versonnen hinzu, »sie ist wirklich ganz niedlich. Ich sag euch was: Ich werde es versuchen – *aua*!«

Cordelia sah die anderen mit Unschuldsmiene an und schüttelte ihre von dem heftigen Schlag schmerzende Hand. »Was?«

»Okay«, sagte Giles, »falls bis hierher niemand mehr etwas hinzuzufügen hat, würde ich vorschlagen, ihr wendet euch zunächst einmal wieder eurem normalen Leben zu.«

»Hah«, schnaubte Buffy.

»Äh, nun ja. Buffy, wenn du nichts dagegen hast, würde ich gern noch ein paar Worte mit dir wechseln.«

»Oooh, Buffy muss nachsitzen!«, stellte Xander fest. »Buffy muss nachsitzen.«

Bevor Buffy ihm den Hals umdrehen konnte, sauste er zur Tür hinaus, dicht gefolgt von Cordelia und Willow. Buffy wandte sich Giles zu.

»Ja?«

»Ich, äh, benötige deine Hilfe.«

»Die haben Sie. Jederzeit, das wissen Sie doch. Äh, Moment mal.« Sie sah ihn misstrauisch an. »Welche Art von Hilfe?«

»Sheila. Falls sie wirklich so ahnungslos ist, wie wir annehmen ... sollte ich unbedingt mit ihr reden. Aber ... ich brauche dir wohl nicht erklären, warum es besser ist, wenn du dabei bist.«

Buffy sah ihn sprachlos an, dachte einen Moment über das Gehörte nach und brach dann in schallendes Gelächter aus.

»Giles! Sie wollen, dass ich für Sie die Anstandsdame spiele!«

»Äh, na ja, so könnte man es unter Umständen nennen.«

Sie musterte ihn belustigt. »Sie werden ja rot!«

Er nestelte an seiner Brille herum. »Ganz bestimmt *nicht.*«

»Doch, werden Sie. Machen Sie sich keine Sorgen, Giles. Ich werde schon darauf Acht geben, dass unsere kleine Lehrerin ihnen nichts zu Leide tut.«

»Wie schön zu wissen«, grummelte er in sich hinein.

»Hey, das nenne ich Timing. Sehen Sie mal, wer da kommt.«

»Äh.«

Giles schien mit der Situation sichtlich überfordert, also ergriff Buffy die Initiative und steuerte zielstrebig auf die Gruppe von LA's zu, die sich soeben anschickte, den großen Arbeitstisch in Beschlag zu nehmen. »Sheila, richtig? Mr. Giles möchte dir ein paar Fragen stellen.«

Sheila war entzückt. Kein Problem, sie in Giles' Büro hineinzulotsen, dachte Buffy. Schwieriger würde es wahrscheinlich werden, sie wieder hinauszubekommen ...

Buffy setzte sich auf die Schreibtischkante, sorgsam darauf achtend, keinen der hohen Bücherstapel umzustoßen, und überließ die Bühne Giles.

»Ms., äh, Humphries. Bitte, nehmen Sie doch Platz. Ich werde versuchen, nicht zu viel ihrer kostbaren Zeit in Anspruch zu nehmen. Es ist mir ein wenig peinlich, äh ... sehen Sie, ich habe da so ein kleines Hobby. Historische Genealogie. Ich arbeite, äh, zurzeit an einem interessanten Projekt und bin auf Hinweise gestoßen, in denen von einer Familie Humphries aus Cornwall die Rede ist. Ein ungewöhnlicher Name für eine Familie aus Cornwall ... er klingt eher walisisch, würde ich sagen. Ich habe mich gefragt, ob es Ihnen wohl etwas ausmachen würde, mir ein wenig mehr darüber zu erzählen, falls Ihnen Näheres über die Herkunft ihrer Vorfahren bekannt ist.«

Etwas einfallslos, aber nicht dumm, dachte Buffy. Es könnte klappen.

»Nun, ich glaube, wir stammen tatsächlich aus Wales, ja, aber fragen Sie mich nicht nach Jahreszahlen. Ist das nicht komisch, dass sie ausgerechnet auf meine Familie gestoßen sind!«

»Ganz recht. Und ebenso auf ein paar nicht weniger komische Geschichten. Komisch im Sinne von seltsam.«

»Komische Geschichten? Oh. *Das* meinen Sie. Dann kann es sich wirklich nur um meine Familie handeln, da bin ich mir sicher.« Sie beugte sich vor und fügte mit gedämpfter Stimme hinzu: »Ich fürchte, einige Humphries waren nicht besonders, wie soll ich sagen ...«

»Ehrenhaft?«, steuerte Buffy bei.

Sheila funkelte sie zornig an. »Das Leben war nicht einfach zu jener Zeit. Man tat, was man tun musste.«

»Natürlich«, beschwichtigte sie Giles. »Aber –«

»Hören Sie, wenn Sie mir jetzt mit dummen Fragen kommen wollen, zum Beispiel ob ich an diesen paranormalen Humbug glaube, mit dem mein Großvater immer die Leute verrückt gemacht hat ...«

»Sie geben nichts auf solche Gespenstergeschichten.«

Wirklich cool, dachte Buffy. Es klang fast so, als ob er es auch nicht täte.

Sheila machte eine wegwerfende Geste. »Nur im Kino.«

Als Giles nichts mehr sagte, erhob sie sich von ihrem Stuhl. »Nun, ich fand es jedenfalls äußerst interessant. Zu erfahren, dass der Name meiner Familie in Geschichtsbüchern verewigt ist, meine ich. Falls Sie noch mehr über dieses Thema wissen möchten, irgendetwas, worüber sich in offiziellen Publikationen nichts finden lässt, fragen Sie mich einfach. Obwohl ich nicht weiß, ob meine bescheidenen Kenntnisse Ihnen bei Ihrem Projekt eine große Hilfe sein werden.«

»Mein Projekt. Ah ja. Das werde ich«, versprach Giles mit ernster Miene. »Vielen Dank.« Doch während sie bereits im Begriff stand, das Büro zu verlassen, fügte er mit bewundernswerter Beiläufigkeit hinzu: »Oh, wenn Sie mir noch eine kleine Bemerkung gestatten ... Ich habe unlängst, unfreiwillig, wie ich Ihnen versichern möchte, mit angehört, wie Sie etwas von Verfolgung und Belästigung erwähnten.«

»Oh, das! Nur so ein blöder Halbwüchsiger. Ich meine, derartig albern herumzukichern? Ich bitte Sie!« Doch ihre Stimme war nicht so fest, wie der Gleichmut ihrer Worte hätte erwarten lassen.

»Gewiss haben Sie Recht«, beruhigte Giles sie. »Und Sunnydale ist eine Stadt mit außergewöhnlich niedriger Kriminalitätsrate.«

Als Buffy beinahe erstickte bei dem Versuch, nicht lauthals loszuprusten, setzte er eilig hinzu: »Dennoch, auch vor Sunnydale haben die Schattenseiten der modernen Gesellschaft nicht Halt gemacht. Ich glaube zwar nicht, dass Sie sich ernsthaft in Gefahr befinden, aber es könnte sicherlich nicht schaden, über einige der üblichen Vorsichtsmaßnahmen nachzudenken, die für eine junge Frau von heute unentbehrlich sind. Vor allem wenn Sie häufig nach Einbruch der Dunkelheit unterwegs sind.«

»Man kann nachts niemals vorsichtig genug sein«, pflichtete ihm Buffy leutselig bei. »Ich jedenfalls trage immer einen Pflock bei mir. Mein persönlicher kleiner Lebensretter.«

Gewissermaßen.

12

Er erschauerte und kicherte, leckte sich mit der Zunge über die ledrigen Lippen und genoss verzückt die berauschende Energie, die immer noch die Luft ringsum erfüllte. Oh, welch ein Vergnügen, welch herrliches Vergnügen das gewesen war! Die Beute hatte nur so gestrotzt vor Jugend und Gesundheit, ihre Aura geblitzt und gefunkelt, voller Kraft. Und sie hatte getanzt, dass es eine helle Freude war, lange, wundervoll lange, hatte sich aufgebäumt und gegen seinen Zauber gewehrt, bis sie schließlich ermattet auf die Knie stürzte. Direkt auf die kalte Friedhofserde!

Junge Menschen waren so stark, so ungeheuer vital. Nachdem er von dem magischen Bann wieder auf die Füße gezwungen worden war, hatte der Mann weiter und weiter getanzt, eine alle Sinne betörende Ewigkeit lang, hatte bereitwillig zugelassen, dass jegliche Energie seines einst so kraftvoll schlagenden Herzens bis zur Neige herausgesaugt wurde. Doch auch die beste Beute hatte sich irgendwann erschöpft. Von Angstschaudern geschüttelt, mit erschlafften Gliedern und schreckensgeweiteten Augen, hilflos und schwach, war sie schließlich zusammengebrochen, hatte sich noch einige Male in einem letzten Aufbegehren gekrümmt, um dann, dem furiosen Spaß ein Ende setzend, reglos liegen zu bleiben. Er hatte die letzten entströmenden Lebenskräfte gierig in sich hineingeschlürft, bis auf den innersten, so unendlich köstlichen, so unvergleichlich belebenden Kern – *ah, ja*!

Zu lange hatte er diesen Augenblick hinausgezögert, abgelenkt durch die Verlockungen jenes jungen, Respekt einflößenden Mädchens. Viel zu lange, und er hatte bitter dafür büßen müssen. Ohne seine sonstige Kraft und Schnelligkeit hatte er ein jämmerliches Dasein gefristet. Doch nun fühlte er, wie ihn die Kraft des Menschen durchströmte. Seine Energie, die nun ihm gehörte, ließ selbst den Nachthimmel in neuem Glanz erstrahlen.

Doch dieser eine Tanz, dieses eine Opfer, dieser eine Schluck kräftigender, junger Lebenskraft war längst nicht genug. Er wollte noch viele solcher Tänze, noch mehr Nahrung.

Die Zeit des Wartens war vorbei.

»Hören Sie«, sagte Xander plötzlich und schaute von dem uralten Buch auf, das aufgeschlagen auf Giles' Couchtisch lag, »es kann unmöglich gesund für uns sein, so viel Zeit in der Schule zu verbringen. All dies Neonlicht, das kann ja nur schädlich sein. Und ich fresse einen Besen, wenn diese andauernde zusätzliche Rumstudiererei außerhalb der Schulzeit nicht ebenfalls schädlich für uns ist. Zu wenig frische Luft, zu wenig Bewegung, Sie verstehen? Wir werden hier noch verrotten.«

»Xander ...«

»Hey, ich mach ja weiter, ich mach ja schon weiter.« Er schlug die nächste Seite auf und hustete ein wenig, als ihm der Staub der Jahre entgegenwirbelte. »Mann, diese Bücher sind so öde, dass nicht einmal Giles sie liest.«

»Vielen herzlichen Dank, Xander«, kommentierte Giles von seinem eigenen Bücherstapel aus. »Es ist weniger eine Frage des Unterhaltungswerts, vielmehr sollte sich unser vorrangiges Interesse auf die Tatsache konzentrieren, dass das Auftauchen eines Korred ein nicht gerade alltägliches Phänomen ist, insbesondere nicht in Nordamerika. Er ist ein Erdwesen – im Sinne der vier Grundelemente, nicht des Periodensystems.«

Buffy, Xander und Cordelia sahen ihn verständnislos an.

»Erde, Luft, Feuer und Wasser«, half Willow zuvorkommend aus. »Hm, obwohl das nicht ganz stimmt. Ich meine, es gibt noch Natrium und Ferrum und all die anderen Sachen –«

»Vier symbolische Elemente«, fuhr Giles fort, bevor sie sich in weiteren Ausführungen verhedderte. »Der Korred, als eine Kreatur der Erde, ist die Manifestation der Umwandlung von Magie in feste Form. Daher ist er auch kein Dämon oder sonst irgendein extradimensionales Wesen, und als solches im Großen und Ganzen nur wenig empfänglich für die unheilvollen Einflüsse des Höllenschlunds.«

Gleichzeitig richteten sich Xanders und Buffys Blicke auf Willow und baten um eine Übersetzung.

»Es bestand bisher keine Veranlassung, diese Bücher hervorzukramen.«

»Oh. Warum hat er das nicht gesagt?«

Willow klappte die übergroße Chronik, die sie durchgesehen hatte, zu, wuchtete sie quer über den Tisch auf den gesonderten Stapel mit Büchern, deren Nutzen in dieser Sache gleich null war, und griff sich eine weiteres, deutlich kleineres Buch. Es handelte sich um eine dieser handlichen, in Leder gebundenen Schreibkladden mit unlinierten Seiten, wie sie als Tagebücher feilgeboten wurden und deren Käuferschaft vorzugsweise aus besonders tiefsinnigen Menschen bestand – oder aus solchen, die sich dafür hielten. Zumindest schien der Text ein wenig aktueller zu sein als all die anderen, durch die sie sich bislang hindurchgequält hatten ...

Sie schlug eine x-beliebige Seite auf und stutzte, als ihr Blick auf die krakelige Handschrift fiel.

»Giles? Äh, ich glaube, das gehört Ihnen ...«

Er eilte zum Tisch hinüber und riss ihr das Buch aus der ausgestreckten Hand. »Grundgütiger Himmel! Das tut es tasächlich. Es stammt noch aus meiner Studienzeit.« Er schaute in die Runde und fühlte sich zu einer Erklärung gemüßigt. »Ich vermute, ich habe es im Eifer des Gefechts einfach zu all den anderen Büchern gepackt, mehr des Themas wegen als aufgrund seiner Wichtigkeit oder seines antiquarischen Werts.«

Xander zuckte mit den Schultern. »Helfen Sie mir, wie lange ist es her, seit sie auf dem College waren? Das dürfte doch halbwegs in der Antike gewesen sein. Vielleicht ist sein antiquarischer Wert ja größer, als sie denken.«

»Es dürften noch etliche Jahre ins Land ziehen, bevor ich mich als Relikt der Antike begreife«, gab Giles trocken zurück.

»Aber steht etwas über die Korred darin?«, intervenierte Willow ungeduldig. »Oder vielleicht etwas über Erdmagie?« Ihre Augen funkelten förmlich vor Begierde, als sie ihm das Buch wieder aus der Hand nahm.

»Nun ja. Ich denke, schon. Ich habe damals an einem Seminar über antike und kontemporäre agrarische Mythen teilgenommen. Die Anforderungen waren recht hoch, obwohl ich mich natürlich bereits seit Jahren mit diesem Thema auseinander gesetzt hatte. Ich, äh, ich fürchte, ich habe die meiste Zeit geschlafen.«

»Ein anspruchsvolles Seminar«, nickte Xander anerkennend. »G-Man, ich bin beeindruckt!«

»Wie schön, dass wenigstens eine meiner bisherigen Leistungen deinen Beifall findet.« Der Umstand, dass Giles' Begeisterung sich, verglichen mit der seinen, eher in Grenzen hielt, überraschte Xander nicht. Achselzuckend angelte er sich einen weiteren Dorito.

Buffy blickte Willow über die Schulter und überflog die aufgeschlagene Seite. »Für jemanden, der die meiste Zeit nur geschlafen hat, haben Sie verdammt gute Noten bekommen«, stellte sie fest. »Diesen Trick sollte ich mir auf jeden Fall aneignen.«

Willow überflog, auf der Suche nach einem bestimmten Wort, das ihr ins Auge sprang, die Seiten. »Oh je, oh je ... genau aus diesem Grund sollte man grundsätzlich alle Bücher mit einer Suchfunktion ausstatten ... ah, da haben wir es ja! Korred.« Sie machte eine Pause und blinzelte angestrengt mit den Augen. Dann übergab sie das Werk wieder seinem Verfasser. »Ähm, ihre Schrift wird hier ein klein wenig unleserlich.«

»Nun denn.« Giles klappte seine Brille auseinander und platzierte sie zielsicher auf seiner Nase. Als wäre dieser alltägliche Vorgang für ihn fast so etwas wie ein Ritual, ging Buffy durch den Kopf. Dann begann er laut vorzulesen.

»›Korred. Auch bekannt als Crion, Jetin, Kourican und entsprechenden Bezeichnungen.‹«

»Eine Menge Namen für ein einziges Monster«, stellte Xander lakonisch fest.

»Ich schätze, weil er sich an den verschiedensten Orten dieser Welt herumtreibt«, vermutete Buffy und erntete ein zustimmendes Nicken seitens ihres Wächters.

»Exakt. Nur bringt uns das leider nicht weiter, fürchte ich.« Giles setzte seinen Vortrag fort: »›Der Korred, so wird behauptet, ist eng verwandt mit den Baumtrollen.‹ Auch das interessant, doch wenig hilfreich.« Schweigend überflog er die nächste Seite, dann eine weitere. »Du meine Güte.«

Buffy straffte sich. »Was?«

»Ich zitiere: ›Korred können nicht wie Dämonen für kurze Zeit mit einem Bann belegt oder vertrieben werden.‹ Nun mach nicht gleich so ein Gesicht. Ich vermute, meine damalige Notiz bezog sich eher darauf, dass lediglich die üblichen Bannsprüche, wie man sie gegen Dämonen einsetzt, bei ihnen versagen. Warte, anscheinend habe ich mich auch ein wenig mit ihrer Lebensweise beschäftigt ... hier steht, dass sie ausgesprochene Einzelgänger sind, zumindest die meiste Zeit ihres –«

»Sehr gut. Einer ist bereits einer zu viel«, sagte Cordelia.

»Sie empfinden gegenüber Menschen keine Abneigung, teilen bisweilen sogar den Lebensraum mit ihnen, doch scheinen sie ein Dasein unterhalb des Meeresspiegels vorzuziehen, in Höhlen oder bisweilen sogar in stillgelegten Abwasserkanälen.«

»Na, dann haben wir ihn ja bald!«, bemerkte Buffy leicht gereizt. »Ich meine, Sunnydale liegt in einer Gegend, die von unzähligen Tunneln und Höhlen durchlöchert ist.«

»In denen noch dazu ganze Hundertschaften von Vampiren hausen.« Xander hakte mit einer unmissverständlichen Geste einen Punkt auf einer imaginären Liste ab. »Das könnt ihr euch von der Backe putzen. In diese Löwengrube kriegen mich keine zehn Pferde rein.«

»Wartet, wartet!«, rief Willow plötzlich. »Hier steht eine Geschichte über einen Korred ... oh.« Sie schaute bestürzt auf. »Leider keine besonders schöne. Sie handelt von einer Mutter, die der festen Überzeugung war, ein Korred habe ihr Baby gestohlen und stattdessen ein anderes in die Wiege gelegt. Ein – ein Wechselbalg, versteht ihr? Also ist sie hergegangen und hat ... auf das Kind eingeschlagen, damit es seine wahre Herkunft eingestand –«

»Schon gut, Willow«, unterbrach Giles sie freundlich, aber bestimmt. »Das gehört wohl eher in den Bereich der Fiktion, wahrscheinlich irgendein altes Ammenmärchen, das jemand fälschlicherweise mit den Korred in Verbindung gebracht hat.« Er wandte seinen Blick von ihr ab und sah die anderen an. »Wir haben noch einige Bücher mehr durchzuackern. Und bitte kein selbstmitleidiges Gezeter und Gejammer mehr. Xander, wenn du wirklich aufs College gehen willst, solltest du rechtzeitig lernen, wie man gründlich und umfassend recherchiert.«

»Wer hat behauptet, dass ich aufs College möchte?«

»Möchten Sie Pommes Frites dazu?«, flüsterte Buffy kaum hörbar.

Giles ließ seinen Blick über das Schlachtfeld schweifen. Bücher stapelten sich überall. Die letzten, schwachen Sonnenstrahlen schienen durch das Fenster und ließen keinen Zweifel darüber aufkommen, wie spät es bereits geworden war. »Nun, ich, äh, denke, wir können guten Gewissens behaupten, dass wir alles verfügbare Material gesichtet haben.«

»Und keinen einzigen Schritt weitergekommen sind«, stellte Buffy ergänzend fest.

»Das will ich nicht sagen. Zugegeben, all die Bücher schweigen sich in bemerkenswerter Weise hinsichtlich der Frage, wie man eine solche Kreatur los wird, aus. Das bedeutet jedoch noch lange nicht, dass wir tatsächlich vor einem unlösbaren Problem stehen.«

Xander streckte sich ächzend. »Na gut, Korred, du hast es so gewollt. Diese Stadt ist zu klein für uns beide.«

»Ja, genau«, entgegnete Buffy. »Rauchende Colts in Sunnydale. Nein, danke. Cowboyhüte sind völlig out, sie hatten bereits ihr Comeback und sind wieder von der Bildfläche verschwunden. Nein, ich will dieses Biest lediglich aus der Stadt heraushaben, und zwar auf möglichst einfachem Wege ... Hey, Giles? Können wir es nicht mit einem kleinen Trick dazu bringen, sich endlich vom Acker zu machen?«

»Oder ...«, fügte er hinzu, »indem wir ihn an einen Ort locken, der eine noch größere Anziehungskraft auf ihn ausübt. Willow, wärst du so freundlich, mir meine Aufzeichnungen zurückzugeben ...? Willow!«

Erschrocken blickte sie auf. »Ich wollte es nur ein wenig genauer studieren –«

»Genau das ist es, was mich beunruhigt. Wer weiß, was ich dort alles hineingekritzelt habe.«

Seufzend händigte Willow ihm das Buch aus. Giles blätterte es flüchtig durch, als wollte er sich vergewissern, dass keine Seite fehlte, und setzte dann seinen Gedankengang laut fort: »Meinen Aufzeichnungen zufolge haben Korred ein besonderes Faible für Steine und Mineralien. So könnte Sheila auf ihrem Weg hierher den Korred in einer dieser ehemaligen Bergbausiedlungen aufgefallen sein.«

»Sie haben Recht!«, stimmte Willow ihm zu. »Nördlich von hier gibt es eine ganze Reihe solcher Orte. Ich hab mal eine Dokumentation darüber gesehen«, setzte sie an Buffy gewandt hinzu.

»Stimmt«, ergriff Giles wieder das Wort. »Wir könnten ihn also einfach dahin locken, wo er seit vielen Jahren schon sein natürliches Zuhause hat. In Höhlen unter der Erde. Vorausgesetzt natürlich, es gelingt uns, ihn von dir abzulenken, Buffy.«

»Ich nehme an, ›Husch, husch, ab ins Körbchen!‹ wird nicht funktionieren, oder?«, erkundigte sich Xander.

Niemand ging auf seine Bemerkung ein.

»Die einzige andere Möglichkeit, die ich sehe, wäre, ihn zu töten«, sagte Giles. »Doch unglücklicherweise schweigen sich die

Bücher bezüglich der Frage, wie das zu bewerkstelligen ist, ebenfalls aus.«

Buffys Haltung drückte Resignation aus. »Und ich wette, wenn ich versuche, ihn zu pfählen, kann ich lange darauf warten, dass er zerfällt.«

»Ja.«

Sie beugte sich über Giles's Arm, um einen Blick auf den abgebildeten Holzschnitt zu werfen. »Na super, der Kerl hat zudem noch die reinste Elefantenhaut, dick genug, um allem standzuhalten, was weniger Durchschlagskraft besitzt als eine Handgranate.«

Xander wurde hellhörig. Doch bevor er auch nur den Mund aufmachen konnte, bremste Giles ihn mit einem strengen Blick und einem noch strengeren »Definitiv nein!« wieder aus.

»Aber –«

»Für derartige Kunststückchen treiben sich hier in letzter Zeit zu viele, äh, verletzbare Zivilisten herum. Ich will keine weiteren Todesopfer oder auch nur unangenehme Fragen riskieren, solange wir noch nicht alle anderen Möglichkeiten ausgeschöpft haben.«

»Ganz nebenbei«, sagte Buffy. »Ich möchte nur ungern mit einer Handgrante von den Cops angehalten werden. Mir reicht ein Schulverweis – es besteht keine Veranlassung, diesem Kobold Snyder Gelegenheit zu geben, auf den Trümmern meines Lebens einen wilden Freudentanz zu veranstalten.«

Willow runzelte die Stirn. »Wie macht der Korred das eigentlich? Ich meine, seine Opfer so lange tanzen zu lassen, bis sie tot umfallen?«

»Eine sehr gute Frage, Willow«, erwiderte Giles. »Ehrlich gesagt, ich weiß es nicht genau. Der Legende nach gibt er eine Art extrem hochfrequenten Gesang von sich, mit dessen Hilfe es ihm möglich ist, die Kontrolle über den menschlichen Körper zu übernehmen.«

»Also«, zog Willow den logischen Schluss, »ist alles, was man zu tun braucht, ihm einfach nicht zuzuhören, richtig?«

»Ganz so einfach ist es nicht ...«, begann Giles, um gleich wieder innezuhalten. »Oder ... vielleicht doch!«

»Die Ody*dingsbums*«, rief Buffy aus. »Ihr wisst doch, dieses alte griechische Buch, das sie verfilmt haben.«

»Ah, multimediale Bildung. Die *Odyssee*, in der Tat.«

»Nun, da ging es doch um eine ganz ähnliche Geschichte, Sie wissen doch. Die Hauptfigur wollte unbedingt diese komischen Sirenen hören, aber es war viel zu gefährlich, weil sie mit ihrem Gesäusel die Leute irgendwie zu sich herangelockt haben. Um sie aufzufressen oder so. Also hat er …«

»Genau«, unterbrach Giles ihren Redefluss. »Obwohl es gefährlich ist.«

Buffy wischte seinen Einwand mit einem Schulterzucken beiseite. »Hey, Sie wissen doch, was diese harten Typen in Filmen immer zu sagen pflegen: ›Gefahr‹ ist mein zweiter Vorname!«

»Ja, nur leider ist ›In‹ allzu oft ihr erster«, entgegnete Giles und war, noch bevor irgendjemand etwas erwidern konnte, in der Küche verschwunden, um eine weitere Kanne Tee zu kochen.

13

»Allmählich beginne ich diese Stadt zu hassen«, murmelte Ethan Rayne, ein wenig außer Atem. Nein, korrigierte er sich wütend, nicht nur allmählich. Und, zur Hölle mit der ganzen Teufelsbrut, dieses Jackett war restlos ruiniert und würde nie wieder so sein wie vorher.

Er warf einen gehetzten Blick über die Schulter …

Verdammt! Da waren sie schon wieder, nicht weniger als vier abgrundtief hässliche, wirklich hungrig aussehende Vampire. Sie mussten in ihrem früheren Leben mindestens Bauarbeiter oder Möbelpacker gewesen sein, ihren auch jetzt noch muskulösen Oberarmen und der immensen Kraft nach zu schließen, mit der einer von ihnen den Ärmel von Ethans Jacke zerrissen hatte. Mit derselben Leichtigkeit, mit der ein kleines Kind Geschenkpapier zerfetzte.

Ethan schauderte und huschte aus der dunklen Seitengasse hinaus auf Sunnydales hell erleuchtete Hauptstraße, um kaum fünf Sekunden später in die Schatten einer weiteren Nebenstraße einzutauchen. Während all dem stieß er in Gedanken unentwegt die wüstesten Flüche aus. Womit hatte er das bloß verdient? Schließlich war es nicht so, als hätte er ein Verbrechen begangen. Nein, er hatte sich lediglich um seine eigenen Angelegenheiten gekümmert, nichts Schlimmeres getan, als jener mysteriösen Kreatur auf die Schliche zu kommen versucht, über die er hier in diesem gottverlassenen Nest gestolpert war. Was war falsch daran? Er war eben nur ein wenig neugierig geworden, das war alles.

Zu viel Neugier tut selten gut, rief er sich in Erinnerung, dann schnaufte er verächtlich. Dieser selten dämliche Spruch galt doch nur für ausgewiesene Trottel.

Unglücklicherweise hatte er bei seinen Nachforschungen diese wild gewordene Meute von Vampiren aufgescheucht, die natürlich prompt beschlossen hatte, nun ihrerseits ihn ein wenig aufzuscheuchen. Und zweifellos hatten sie noch nicht zu Abend gegessen.

Leider ließ es sich mit seinen Plänen überhaupt nicht vereinbaren, als Hauptgang bei einem Festgelage der Vampire zu enden. Also hatte Ethan das getan – und, der Teufel sollte dieses Pack holen, er tat es noch –, was ihm angesichts einer solch prekären Lage als das einzig Richtige erschienen war: Er hatte die Beine in die Hand genommen und so schnell wie möglich das Weite gesucht, darauf hoffend, dass die Vampire sich in den zahlreichen kleinen Gassen und Seitenwegen der Stadt ebenso schlecht zurechtfanden wie er selbst.

Oh-oh. Vor ihm versperrte ein Zaun den Weg. Er konnte sich nicht erinnern, ihn das letzte Mal, als er diese Abkürzung benutzte, gesehen zu haben. Wer, in Gottes Namen, war bloß auf die glorreiche Idee gekommen, in solch einer winzigen Seitengasse einen Zaun zu errichten, noch dazu in einer Nacht, in der Ethan es wirklich, wirklich eilig hatte.

Er holte tief Luft, sprang hoch, umklammerte mit beiden Händen die obere Zaunkante, hangelte sich ächzend hinauf und plumpste auf die andere Seite hinunter. Ein jäher Schmerz durchzuckte ihn, als er mit den Füßen wieder auf dem harten Boden landete. Völlig außer Atem rang er um Gleichgewicht und setzte seinen Sprint durch die Nacht fort, preschte um die nächste Ecke herum – und blieb abrupt stehen, lauschte in die Nacht hinein …

Stille.

Er spähte vorsichtig um die Ecke. Niemand zu sehen … Er wartete einen weiteren Moment. Alles blieb ruhig.

»Na also.«

Ethan folgte der Gasse, bis er wieder zu der von Geschäften gesäumten Hauptstraße gelangte, die zu dieser Stunde wie leer gefegt war. Ein Auto voller Jugendlicher rauschte vorbei und zerriss mit dem ohrenbetäubenden Lärm, der aus den heruntergekurbelten Fenstern dröhnte, die Stille der Nacht. Er zuckte erschrocken zurück.

»Vielleicht reichen die ja als kleines Appetithäppchen. Besser die als ich.«

Mochte es nun Glück gewesen sein oder eine unverhoffte Gunst des Schicksals, fest stand jedenfalls, dass er es geschaffte hatte, seine Verfolger abzuhängen.

Die meisten zumindest. Zu Ethans Entsetzen stürmten genau in diesem Augenblick zwei Vampire – offenbar die beiden einzigen, denen es gelungen war, sich über den hohen Zaum hinwegzuwuchten – die Gasse entlang und kamen strauchelnd zum Stehen. Ihre Köpfe zuckten wütend nach links und nach rechts.

Sie konnten ihn doch nicht *wittern*, oder etwa doch? Ethan huschte blitzschnell in den Schutz des nächstbesten Ladeneingangs und versuchte sich mit angehaltenem Atem so unsichtbar wie nur irgend möglich zu machen.

»Links«, hörte er einen der beiden knurren.

Nicht der kleinste Seufzer der Erleichterung drang über Ethans Lippen. Bewegungslos und mucksmäuschenstill blieb er stehen, rührte sich nicht von der Stelle, bevor nicht auch das letzte Geräusch ihrer sich entfernenden Tritte verklungen war. Erst als keinerlei Zweifel mehr bestand, dass er der Gefahr ein weiteres Mal entronnen war, wagte er sich wieder auf den Bordstein hinaus.

»Diese Volltrottel. Man sollte eigentlich meinen, dass sie bessere Jagdinstinkte besitzen.«

Nicht, dass er sich beschweren wollte. Doch es war schon ein wenig verwunderlich, wie es die Vampire bei so viel Inkompetenz schafften, nicht zu verhungern.

Ethan klopfte sich, so gut es ging, den Schmutz von der Jacke, drehte den zerfetzten Ärmel so, dass er nicht auffiel und warf unter dem schwachen Licht der Straßenlaterne einen Blick auf seine Uhr.

Halb zehn. Ungefähr um diese Zeit brach die Jägerin für gewöhnlich zu ihrer Patrouille auf.

»Was die ganze Angelegenheit beträchtlich vereinfachen dürfte.«

Zunächst einmal würde er von weiteren Vampirattacken verschont bleiben. Und dann ... Rupert wusste, dass diese Kreatur, worum auch immer es sich handeln mochte, Nacht für Nacht die Stadt unsicher machte. Also würde der gute Ripper früher oder später zwangsläufig seine Jägerin darauf ansetzen, damit sie dafür Sorge trug, dass der vorlauten Bestie ein wenig die Krallen gestutzt wurden.

»Also brauche ich mich einfach nur an ihre Fährte zu hängen.« Ethans Gesicht verzog sich zu einem gemeinen Grinsen. »Und – Abrakadabra! – schon hab ich die Kreatur am Schlafittchen.«

Obgleich er keine konkrete Vorstellung hatte, was er mit diesem Wesen überhaupt anstellen sollte, ganz zu schweigen von seiner Unkenntnis darüber, welche Möglichkeiten und Qualitäten sie besaß. So ins Blaue hinein zu operieren entsprach eigentlich nicht seinem Stil. Doch erstens war er schlicht und ergreifend neugierig geworden, und zweitens war es nie verkehrt, sich einiger talentierter Handlanger zu vergewissern.

Nicht zu vergessen der erfreuliche Umstand, dass allein seine Anwesenheit schon ausreichte, um Rupert im Sechseck springen zu lassen.

Ethans Grinsen wurde noch eine Spur breiter. Zwei gute Gründe, aus denen er so ziemlich alles tun würde: Neugierde – und Rache.

»Hierher, Vampy«, rief Buffy in die Nacht hinein, ohne wirklich eine Antwort zu erwarten. »Hierher, Vampy, Vampy, Vampy.«

Keine Reaktion. Nichts. Den ganzen Abend lang schien alles wie ausgestorben, ein totaler Flop, nach den Maßstäben einer Jägerin. Ebenso gut hätte sie auch zu Hause bleiben und sich in eines ihrer einschläfernden Schulbücher vergraben können. Oder, alternativ dazu, sich eine dieser drittklassigen Bands anhören können, deren Auftritte gnädigerweise allesamt zu Zeiten stattfanden, in denen im *Bronze* ohnehin noch gähnende Leere herrschte. Bisher jedenfalls schien sich ihr Eindruck zu bestätigen, dass die Vampirpopulation Sunnydales in einem kollektiven Koma darniederlag.

Am Nachmittag hatte Buffy gegenüber dem Wächter abermals ihr Befremden ob solch atypischen Verhaltens zum Ausdruck gebracht, doch einmal mehr hatte Giles brummelnd den üblichen Spruch abgelassen, sie dürfe sich auf gar keinen Fall zu irgendwelchen Nachlässigkeiten hinreißen lassen, egal, was diese plötzliche Zurückhaltung der Vampire auch zu bedeuten habe. Und erneut war er ihrer These, dass es möglicherweise etwas mit dem Korred zu tun haben könnte, mit dem Argument gegenübergetreten, eine Erdkreatur dieser Art sei unmöglich in der Lage, einen solch immensen Einfluss auf das Verhalten von Dämonen auszuüben.

»Nicht, dass Giles in der Vergangenheit mit seinen Prognosen immer ins Schwarze getroffen hätte.«

Ein beunruhigender Gedanke. Immerhin wurde von einem Wächter erwartet, dass er auf alle Fragen stets die richtigen Antworten wusste.

»Genau, und von einer Jägerin wird erwartet, dass sie seine Anweisungen befolgt, auf jegliche Art von Privatleben verzichtet und ... ich denke, ich entscheide mich für die Variante, dass ein Wächter *nicht* auf alle Fragen die richtigen Antworten weiß.«

Andererseits hatte Giles tatsächlich so etwas wie eine – wenngleich eher behelfsmäßige – Theorie aufgestellt, mit der sich das Phänomen unter Umständen erklären ließ. Es hatte etwas mit starken magnetischen Kraftfeldern oder energetischen Erdströmen zu tun gehabt, denen die Gegend rund um den Höllenschlund unterworfen war. Mit anderen Worten, die ganze Sache war möglicherweise völlig ... na ja, »normal« vielleicht nicht unbedingt ... Vielleicht besaß auch der Höllenschlund eine Art übernatürlichen Biorhythmus.

Plötzlich wurde Buffy von dem Gefühl, nein, der Gewissheit übermannt, dass ihr irgendetwas folgte. Ihre Muskeln spannten sich unwillkürlich an, doch unbewegt richtete sie ihren Blick geradeaus. Vampire aufzuspießen mochte ja durchaus ein netter Zeitvertreib sein, doch hier und jetzt gab sich ein Gegner die Ehre, den zu jagen in dieser Nacht absoluten Vorrang hatte – der Korred. Endlich bot sich die Gelegenheit, genau das zu versuchen, worauf all die Recherchen und Überlegungen der letzten Tage immer wieder hinausgelaufen waren – die Kreatur über die Stadtgrenzen hinauszulocken und sie dann, einsam und allein auf weiter Flur, einfach zurückzulassen. Einmal außer Reichweite des üblen Einflusses, der von dem Höllenschlund ausging, würde der Korred, so jedenfalls Giles' Vermutung, vor lauter Langeweile von Heimweh gepackt werden und sich wieder an jenen Ort verziehen, von dem er einst aufgebrochen war. Zurück zu Beutelratten, Feld- Wald- und Wiesenmäusen und anderem heimischen Getier, dem er nach Herzenslust die Lebenskraft aussaugen konnte.

»Vergleichbar einem Bären«, hatte Giles ihnen erläutert, »der, wenn sich keine Lebendbeute finden lässt, auch mit Beeren und Wurzeln vorlieb nimmt.«

»Falls er nicht gerade irgendwelche Vorratskammern oder Picknickkörbe leer mampft«, hatte Buffy erwidert.

Sie war nach wie vor nicht davon überzeugt, dass es so einfach sein würde. Doch den Versuch zu unternehmen, ihn auf drastischere Weise aus dem Weg zu räumen, schien ein aussichtsloses Unterfangen. Nicht ein einziges von Giles' Büchern – und er besaß eine Menge – enthielt einen Hinweis darauf, ob es eine todsichere Methode gab, mit der man einen Korred in die ewigen Jagdgründe zu schicken vermochte.

»Sie scheinen so etwas wie die Küchenschaben unter den übernatürlichen Wesen zu sein«, murmelte Buffy vor sich hin.

Also weglocken und abhauen. Und darauf hoffen, dass der Lümmel den Wink verstand und reumütig wieder nach Hause schlich.

»Was endlich mal was Positives wäre. Der einzige Ort, an dem ich nämlich heute Nacht das Tanzbein zu schwingen gedenke, ist das *Bronze*, wenn die *Dingoes* den Laden zum Brodeln bringen.«

Entschlossen schlug sie eine andere Richtung ein.

Cordelia blieb unvermittelt mitten auf der Straße stehen. »Versprochen?«

»Versprochen.«

»Nein, versprich es mir wirklich. Es ist *wichtig*, Xander.«

Seufzend legte Xander den Arm um Cordelias Schulter. »Ich schwöre es. Kein wildes Herumgehopse heute Abend. Ich werde so gesittet über die Tanzfläche schweben, wie nur irgendjemand. Ich werde mich nur auf die Schritte beschränken, die du im Vorfeld persönlich genehmigt hast. Ich werde nicht aus der Rolle fallen, keine Steppeinlagen geben, auf jeglichen Freestyle verzichten, dir keinerlei Schande bereiten, dich nicht in Verlegenheit bringen und überhaupt alles vermeiden, was dich in irgendeiner Weise diskreditieren und deinem Ansehen in der Schule schaden könnte.«

Nun war es an Cordelia zu seufzen. »Ich weiß nicht, wieso ich mich noch darüber aufrege. Es wird wie immer kommen: Kaum betrittst du die Tanzfläche, schlagen all deine kranken Gene Purzelbaum und übernehmen kurzerhand die Kontrolle.«

Nachdem sie sich davon überzeugt hatte, dass niemand in der Nähe war, der sie beobachtete, kuschelte sie sich näher an ihn. »Aber es erwartet ja auch niemand wirklich etwas anderes von dir.«

»Ich hab's gut.« Er warf einen Blick auf seine Armbanduhr und machte ein besorgtes Gesicht. »Aber ich bin unpünktlich. Wir sind spät dran. Das Konzert der *Dingoes* beginnt um viertel vor zehn, und ich habe Willow hoch und heilig versprochen, dass wir rechtzeitig da sein werden, um die Jungs nach Kräften zu unterstützen. Ich fürchte nur, das ist nicht mehr zu schaffen.«

»Tut mir ja aufrichtig Leid, aber es ist nicht meine Schuld, wenn so eine blöde Tusse in dem gleichen Outfit wie ich dort herumspringt. Habe ich dir nicht gesagt, dass wir erst einmal die Lage hätten peilen sollen, bevor wir uns zurechtmachen? Und während wir wegen deiner mangelnden Professionalität so viel Zeit verplempert haben, hat uns der Mob alle guten Parkplätze vor der Nase weggeschnappt, sodass ich meinen Wagen quasi am anderen Ende der Stadt abstellen musste, und ich bin wirklich nicht sicher, ob er später noch da ist, wenn dies alles vorbei –«

»Schhh …«

»Du kannst mich mal mit Deinem ›Schhh‹! Über deinen Tanzstil kann ich ja noch hinwegsehen, aber wenn es ums Outfit geht –«

»Cordelia, halt doch bitte mal die Klappe. Hörst du denn nichts?«

Cordelia unterbrach ihren Redeschwall. »Nein, was? Was war denn da?«

Xander brachte sie mit einem energischen Kopfschütteln zum Schweigen, nahm den Arm von ihrer Schulter und guckte sich angespannt um. Sie waren noch einige Häuserblocks vom *Bronze* entfernt, in einer Gegend Sunnydales, von der sich weder in schmucken Broschüren noch auf der offizielle Webside des örtlichen Fremdenverkehrsamtes eine Abbildung finden ließ. Aus gutem Grund. Gemessen an den Standards einer Stadt wie Los Angeles war der Anblick nicht einmal besonders beeindruckend, doch die lange Reihe leer geräumter Lagerhäuser und Warendepots, deren weit offen stehende Tore wie schwarze, gähnende Schlünde wirkten, schien durchaus geeignet, den unbedarften Betrachter das Fürchten zu lehren, selbst wenn er nicht wusste, welch obskure Gestalten sich normalerweise nach Einbruch der Dunkelheit hier herumtrieben.

Und wenn er es wusste …

»Ich hoffe, du hast einen Pflock parat.«

Stolz präsentierte ihm Cordelia eine Spraydose mit Tränengas, die sie in Windeseile aus ihrer Handtasche hervorgekramt hatte. »Du könntest mich ruhig mal loben, Harris. Hast du tatsächlich geglaubt, ich würde in diesem Kaff abends auch nur einen einzigen Fuß vor die Tür setzen, ohne entsprechende Vorsichtsmaßnahmen zu treffen?«

Der letzte Sommer an der Seite der Jägerin hatte sie alle gelehrt, stets solche mitunter nützlichen Dinge wie Pflöcke oder Kreuze bei sich zu tragen – oder auch nur eine Dose Tränengas. Sie wurden dadurch zwar nicht zu Jägern, doch wenigstens waren sie den Monstern und Dämonen nicht völlig hilflos ausgeliefert, wenn die Jägerin einmal nicht zur Stelle sein konnte.

»Wie lange wollen wir noch hier herumstehen?«, flüsterte Cordelia nach ein paar Sekunden. »Wenn dort wirklich etwas ist, warum greift es uns dann nicht an? Ich schwöre –«

»Da! Schon wieder. Bist du taub?«

Cordelia neigte lauschend den Kopf, versuchte zwischen dem gleichförmigen Rauschen des regen Verkehrs, der trotz später Stunde auf der nur wenige Blocks entfernten Hauptstraße herrschte, und dem dumpfen Wummern von Bässen, das von der rückwärtigen Front des *Bronze* zu ihnen herüberdrang, etwas auszumachen, das Xanders plötzliche Besorgnis rechtfertigte.

»Ja, jetzt höre ich es auch. Eine Art Summen oder so. Wirklich sonderbar –« Sie brach jäh ab, als die Erkenntnis sie wie ein Keulenschlag traf, während Xanders Gesichtsausdruck immer noch ein einziges Fragezeichen war. »Oh nein …«

Endlich schien auch bei Xander der Groschen gefallen zu sein. Seine Augen weiteten sich, als das Summen eindringlicher wurde. »Oh *doch*! Cordy, halt dir die Ohren zu! Lauf!«

Doch dafür war es längst zu spät.

14

Ethan Rayne schreckte reflexartig zurück, als er einen halben Häuserblock weiter die beiden Gestalten erblickte, die unter dem spärlichen Licht der Straßenlaternen nur als vage Umrisse zu erkennen waren. Sehr merkwürdig, dachte er. Zuerst hatte er geglaubt, sie würden nur ein wenig herumalbern oder, von romantischen Gefühlen gepackt, gemeinsam im Mondlicht tanzen. Falls man so etwas überhaupt »tanzen« nennen konnte. Nichts an ihren skurrilen und zappelnden Pirouetten ließ sich auch nur annähernd mit Romantik in Verbindung bringen. Tatsächlich erweckten die Zuckungen der beiden eher den Eindruck, als …

Als würden sie auf unerklärliche Weise zum Tanzen *gezwungen*. Und, so erkannte Ethan rasch, es hatte wenig mit dem üblichen Blödsinn zu tun, zu dem Teenager sich gelegentlich verstiegen, wenn es um die Aufnahme in eine Gang oder um irgendeine dumme Wette ging. Nein, er wusste, konnte es förmlich riechen, wenn magische Kräfte am Werk waren, und das war hier der Fall, mit selten verspürter Macht. Die beiden Opfer hatten jeglichen freien Willen verloren.

Und, so viel stand ebenfalls fest, was immer von ihnen Besitz ergriffen hatte, es war keinesfalls menschlich.

Ein kurzes Sondieren des Terrains bestärkte ihn in der Annahme, dass es sich bei dem Wesen, in dessen unheilvollen Bann die beiden Tänzer geraten waren, der geschätzten Größe und – er hielt schnuppernd die Nase in die Abendluft – dem Geruch nach zu urteilen, um genau jene Kreatur handelte, hinter der er bereits seit Tagen her war.

Ethan unterdrückte den plötzlichen Impuls, seine Deckung zu verlassen und sich Gewissheit zu verschaffen. Etwas, das stark genug war, zwei Teenager zu willenlosen Marionetten zu machen, war gewiss auch stark genug, es mit einem in Reichweite befindlichen einzelnen Erwachsenen aufzunehmen. Ich tanze nicht, frag mich gar nicht erst, dachte er, und beschloss, dass er sich das Schauspiel genauso gut aus einiger Distanz ansehen konnte – was ihm zudem Gelegenheit bot, sich in aller Ruhe zu überlegen, auf welche Weise –

Sieh einer an, dachte Ethan, wen haben wir denn da? Hastig glitt er zurück in die dunklen Schatten. Kurz darauf stakste die Jägerin an ihm vorbei, die einen Häuserblock und einen bedauerlichen Meinungsumschwung zuvor noch in die andere Richtung marschiert war. Doch anscheinend schien sie an diesem Abend für normal sterbliche Zaungäste ohnehin vollkommen blind zu sein. In ihrem Spagettiträgertop sah sie aus wie jedes andere junge Mädchen, das von einer Verabredung heimkehrte.

Wie jedes andere junge Mädchen, korrigierte er sich in Gedanken, das ein ganzes Arsenal an schlagkräftigen Waffen gegen Untote mit sich herumschleppte. Zwei Pflöcke hatte sie locker in den Hosenbund gesteckt, ein weiterer war an der Seite ihres linken Stiefels befestigt. Und das war bestimmt lediglich die Spitze des Eisbergs.

Doch waren ihre Waffen schon gefährlich, so war die Gereiztheit ihrer Stimme fatal. Ethan war heilfroh darüber, dass sie nicht an seine Adresse gerichtet waren. Amüsiert über ihren wütenden Monolog folgte er ihr, vielleicht in etwas geringerem Abstand, als aus Gründen der Selbsterhaltung angebracht gewesen wäre. Doch was nahm man nicht alles in Kauf für ein wenig gute Unterhaltung.

Zehn Pfund auf die Jägerin, schloss er in Gedanken mit sich selbst eine Wette ab. Fünfzehn, erhöhte er den Einsatz, wenn diese beklagenswerten Trottel, die der Kreatur in die Falle gegangen waren, zu ihrem engsten Bekanntenkreis zählten.

»Sie sind mir, verdammt noch mal, etwas schuldig, Giles«, schnaubte Buffy vor sich hin. »Diese ganze Nacht war ein kompletter Reinfall, reine Zeitverschwendung. Da folgt mir dieses blöde Scheusal, wie lange, eine geschlagene Woche? Und wenn man es mal wirklich braucht, ist es nicht da. Das dürfte der sichere Beweis dafür sein, dass unser Korred ein männlicher Vertreter seiner Art ist.«

Die hohlen Tritte ihrer Stiefel hallten vom einen Ende der Straße zum anderen. Mittlerweile kannte sie sich in diesem Teil der Stadt aus wie in ihrer eigenen Westentasche. Nur wenige Häuserblocks entfernt befand sich das *Bronze*, doch der Rest der Gegend lag öde und verlassen da wie eine tote Goldgräberstadt. Die optimalen Jagdgründe für hungrige Vampire, krähte doch denen, die bisweilen an diesem trostlosen Ort herumlungerten, für gewöhnlich kein Hahn nach, wenn sie sang- und klanglos von der Bildfläche verschwanden. In einer für Sunnydales Verhältnisse durchschnittlichen Nacht ließen sich hier zwei bis drei Vampire pfählen, und das während eines einzigen Patrouillengangs.

Und heute? Stundenlang hatte sie die Straßen und Gassen durchkämmt und nicht den geringsten Hinweis auf etwas entdecken können, das irgendwie übernatürlich wirkte. Keine Vampire, keine auf der Lauer liegenden Beutejäger – nicht einmal diese Karikatur von einem Huhn, diesem Basi-*was-auch-immer*, an dem Giles so reges Interesse gezeigt hatte. Allmählich wurde sie ärgerlich. Und noch ärgerlicher, wenn sie daran dachte, dass sie schon fast die gesamte *Battle of the Bands* verpasst hatte.

»Nicht, dass es mir etwas ausmachen würde, zugunsten der Errettung der Menschheit all meine Verabredungen sausen zu lassen«, formulierte sie schon einmal ihr Statement, bevor sie es am nächsten Morgen an Giles ausprobierte. »Aber wenn es weit und breit nichts gibt, was ich zu ihrer Errettung beitragen könnte, wird es wirklich unerfreulich. Hinzu kommt –«

Ihre Nackenhärchen stellten sich auf und auf ihren entblößten Oberarmen bildete sich unvermittelt eine Gänsehaut.

»Okay. Langsam kommen wir der Sache näher.«

Sie zückte einen Pflock, für den Fall, dass es sich um ein oder zwei leichtsinnige Vampire handelte und bog, mit dem Rücken zur Hauswand des brüchigen Backsteingebäudes, um die Ecke.

Doch das, was sie unter dem schwachen Licht einer Straßenlampe, die auf wundersame Weise vom Kleinstadtvandalismus verschont geblieben war, erblickte, hatte nichts mit Vampiren zu tun.

Gleichwohl war es nicht weniger hässlich.

Sicher, Xander war nie ein besonders guter Tänzer gewesen – doch die Sohle, die er hier aufs Parkett legte, schlug all seine bisherigen Showeinlagen, mit denen er sich regelmäßig zum Deppen gemacht hatte, um Längen. Wie ein in Ekstase geratener Derwisch fuchtelte er wild mit den Armen, trat mit den Beinen um sich und stampfte auf dem Boden herum, als wollte er einer ganzen Armee von Ameisen zu Leibe rücken. Für einen kurzen Moment erwog Buffy die Möglichkeit, dass er vielleicht absichtlich so beknackt herumzappelte, um Cordelia zum Lachen zu bringen.

Doch der Ausdruck in dem Gesicht ihres Freundes war weit entfernt von jenem übermütig-verwegenen Grinsen, das Xander normalerweise bei solchen Gelegenheiten aufzusetzen pflegte. Und Cordelia machte definitiv nicht den Eindruck, als ob ihr nach Lachen zumute wäre. Auch sie tanzte ohne Unterlass, in ihren Bewegungen vielleicht ein wenig graziöser zwar, doch rannen Tränen der Angst und der Erschöpfung ihre Wangen herab. Das zerlaufende Augen-Make-up hinterließ wenig vorteilhafte schwarze Schlieren auf ihrem Gesicht, und es gab keine Möglichkeit für Cordelia, schon gar nicht für eine magischen Kräften unterworfene Cordelia, diesem Missstand abzuhelfen.

Sofern sie und Xander nicht endlich die Tanzfläche räumten.

»Oh. Super«, murmelte Buffy, als ihr klar wurde, was dort geschah. »Möchte bloß mal wissen, wann es dir gelungen ist, mich zu überholen.«

Aus dem Schutz ihrer Deckung heraus ließ Buffy ihre suchenden Blicke über die Straße wandern. Ja, endlich! Dort hockte er. Der Korred. Er musste es sein. Rote Augen, ziegenhufartige Füße, schwarzes, borstiges Fell, das in dichten Büscheln den stämmigen Körper und die dürren Beine bedeckte, genau so wie auf dem Bild, das Willow ihr gezeigt hatte.

Das Biest war potthässlich. Und entschieden zu gut gelaunt bei dem Anblick von Xander und Cordelia, die herumhampelten wie zwei Marionetten in den Händen eines frierenden Puppenspielers.

»Eindeutig böse, womit wir das ein für alle Mal geklärt hätten. Niemand von der guten Seite könnte das ruhig mit ansehen.«

Entschlossen stieß sie sich von der Wand ab, bereit für den aufrechten Kampf einer Jägerin, der wie üblich mit einem despektierlichen Schlachtruf begann:

»Hey, einsames Wurzelmännchen! Wie läuft's denn so auf deiner Tanzparty?«

Zugegeben, es war vielleicht nicht ganz so beeindruckend wie Xenas abgefahrenes Kampfgejohle, aber Buffy hatte einfach nicht die Zeit gehabt, sich etwas auszudenken, womit sie einem Korred imponieren konnte. Und außerdem schien es zu funktionieren. Mister Ziegenfuß wandte sich ruckartig zu ihr um, und Xander und Cordy stürzten, als hätte jemand die unsichtbaren Fäden, an denen sie hingen, abgeschnitten, wie zwei schwitzende und japsende Säcke zu Boden.

Hilflos aneinander gekauert hockten sie da und rangen verzweifelt nach Luft.

Nur mit Mühe schaffte es Xander, den Kopf so weit zu heben, dass er Buffy in die Augen blicken konnte. Unter Aufbietung seiner allerletzten Kräfte brachte er sogar so etwas wie den jämmerlichen Versuch eines Winkens zustande. Schlaff sank sein kaum gehobener Arm wieder herab.

»Hey ... Buffy«, brachte er röchelnd heraus und nahm einen tiefen Atemzug.

»Gott sei Dank ... du bist da.« Cordelia kämpfte offensichtlich damit, sich unter den hechelnd hervorgestoßenen Satzfetzen noch einen Rest von Coolness zu bewahren. »Ich hab mir den Absatz abgebrochen ... wegen dieser ... miesen, kleinen Ratte!«

Doch Buffy war viel zu sehr mit ihrem neuen Gegener beschäftigt, um Cordelias Nöten gebührende Aufmerksamkeit zu schenken.

»Na los, nicht so schüchtern«, höhnte sie. »Darauf hast du doch die ganze Zeit gewartet, stimmt's? Also, komm her und bedien dich. Wenn du glaubst, dass du es kannst!«

Der Korred entblößte seine abstoßend gelben Zähne und grinste die Jägerin bösartig an. Ein irres Kichern drang aus seinem Rachen.

»Und hör mit diesem blöden Gegacker auf! Du klingst wie ein Geistesgestörter!«

Buffy musterte die Kreatur mit aufmerksamen Blicken, der Worte des Wächters gedenkend, der sie ermahnt hatte, sich jedes noch so winzige Detail einzuprägen, damit sie in Zukunft darauf zurückgreifen konnten. »Aus der Nähe betrachtet wirkst du gar nicht mal so Furcht erregend. Obwohl, ziemlich hässlich bist du schon.«

Der Korred gab keine Antwort. Konnte er überhaupt sprechen? Oder, schoss es Buffy durch den Kopf, verstand er womöglich nur Kornisch, die Sprache seiner ursprünglichen Heimat? Das Einzige, was er von sich gab, war eine Art merkwürdiges Summen, gar nicht mal so unangenehm eigentlich ...

Oh. Richtig. Sie hatte es bisher nur nicht hören können, weil er sich auf Xander und Cordelia konzentriert hatte. Doch nun war sie es, die er mit seinem Gesang zu verzaubern suchte. »So haben wir nicht gewettet, Freundchen. Aufgepasst, Giles. Jetzt kommt die Jägerin. Mal sehen, ob er *diese* Sprache versteht.«

Sie griff sich mit den Händen an die Ohren, als wollte sie den korrekten Sitz ihrer Ohrringe überprüfen, und ging, mit einem kühnen

Satz und einem nicht minder beherzten Tritt mitten in die Weichteile des verdutzten Korred, zum Angriff über.

Aus seinem Versteck heraus verfolgte Ethan, der Sinn für Stil hatte, den Auftritt der Jägerin. Er zuckte zusammen, als er Zeuge des wohl platzierten Fußtritts wurde, der für einen menschlichen Geschlechtsgenossen eine ziemlich schlechte Neuigkeit gewesen wäre. Einen Moment lang empfand er aufrichtiges Mitleid mit dem Korred. Dann, nachdem er eine Weile zugeschaut hatte und keinerlei Zweifel mehr darüber bestand, wer diesen Kampf für sich entscheiden würde, stieß er einen leisen Seufzer des Bedauerns aus. Seine fünfzehn Pfund würde er aber trotzdem behalten.

»Auf eine ähnliche Behandlung allerdings würde ich lieber verzichten, mein kleiner, wunderlicher Magierfreund«, murmelte er leise in sich hinein. »Du hast bestimmt Verständnis dafür, wenn ich nicht so lange warte, bis sie mit dir fertig ist und mich möglicherweise auch noch aufspürt.«

Nein, sollte die Jägerin jemals herausbekommen, dass er hier gewesen war, selbst wenn es ihm gelang, sie davon zu überzeugen, dass es sich um Zufall gehandelt hatte ... Es würde ziemlich unangenehm werden. Für ihn, so viel stand fest. Genug war genug, entschied Ethan. Die Kreatur war den Ärger nicht wert. Er würde eine andere Möglichkeit finden, wie er Rupert eins auswischen konnte.

Behände und anmutig wie eine Katze verließ Ethan Rayne, beinahe fröhlich eine eigene Melodie vor sich hin pfeifend, die Szene.

Nachdem die ersten Schläge und Tritte ihn wie einen Betrunkenen hatten zurücktaumeln lassen, war der Korred zu benommen, um irgendeine Art von Gegenwehr zu leisten. Was hier geschah, widersprach jeglichem Gesetz der Natur! Niemals griff die – die Maus die Katze an!

Er musste weitersingen, besann er sich. Eindringlicher. Lauter. Selbst dieses außergewöhnliche Menschenkind, das für ihn inzwischen erheblich an Anziehungskraft verloren hatte, würde seinem todbringenden Lied nicht ewig widerstehen können. Er würde sie tanzen sehen, die ganze Nacht, sich an ihrer strahlend hell umherwirbelnden Lebensenergie laben, bis nichts mehr von ihr übrig blieb als die leblose Hülle ihres Fleisches.

Als erneut seine Melodie erklang, klammerten sich die beiden anderen Menschen auf dem Boden winselnd aneinander, zitterten und zuckten. Die Erbärmlichkeit ihres Anblicks entlockte dem Korred ein lüsternes Grinsen.

Doch das Mädchen, das vor ihm stand, schien völlig unbeeindruckt.

»Na, was ist, du hässliche Pocke!«, forderte sie ihn spöttisch heraus. »Angst vor einer mickrigen Jägerin?«

Ihre Stimme klang sonderbar monoton, selbst für einen Menschen. Als hätte sie ... jegliches Gefühl für die eigene Lautstärke verloren! Sie hatte irgendetwas gemacht, wurde ihm schlagartig klar. Irgendetwas mit ihren Ohren, sodass sie nichts mehr hören konnte. Und wenn sie nicht einmal den Klang ihrer eigenen Stimme vernahm, galt das erst recht für seinen Gesang! Sein breites Grinsen verschwand, als ihm bewusst wurde, dass der magische Zauber seines Liedes an dieses Opfer verschwendet war.

Er knurrte gefährlich, und seine Miene verzog sich zu einer Grimasse des Zorns, die noch eine Spur hässlicher war als das Grinsen, das er zuvor gezeigt hatte. Er war weit weniger von Magie abhängig, als dieses Menschenkind denken mochte. Sie wollte einen Kampf? Sie sollte ihn bekommen!

Buffy wich für einen Moment zurück. Dem bestürzten und erzürnten Gesichtsausdruck des Korred nach zu urteilen, falls man diese Fratze überhaupt ein Gesicht nennen konnte, war der Kreatur soeben ins Bewusstsein gedrungen, dass sie sein Gesumme nicht hören konnte.

So viel zu ihrem kleinen Informationsvorsprung.

Knurrend richtete sich der Korred auf. Ein glasiger Glanz trat in seine kleinen, roten Knopfaugen, als würde er all seine Konzentration zusammennehmen ...

»Oh, nein.«

Willow hatte Recht gehabt. Er konnte seine Größe verändern. Als wäre die Magie, mit der er sein Opfer einzulullen versucht hatte, direkt zu ihm zurückgeflossen, blähte er sich unvermittelt auf, bis er annähernd doppelt so groß war wie vorher. Doppelt so groß und dreimal so hässlich.

Bedrohlich vor ihr aufragend, fuhr er sich mit seiner großen, schwarzen Zunge über die Lippen und setzte zum Angriff an.

»Oh nein. Nicht mit mir, Schrumpelnase.«

Mit dergleichen wusste Buffy umzugehen. Im Nahkampf war sie, nach eigener Einschätzung und vorsichtig ausgedrückt, eine ziemlich ernst zu nehmende Gegnerin. Und dank der freundlichen Abstinenz der Vampire war sie frisch und ausgeruht. Doch während sie miteinander rangen, traf sie unvermittelt eine klauenbewehrte Pranke am Kopf und riss ein dickes Büschel ihrer blonden Haarpracht heraus – und einen ihrer Ohropax-Stöpsel, die sie sich zu Beginn des Kampfes in die Ohren gesteckt hatte. Vor Schmerz laut aufschreiend löste sich Buffy von ihrem Kontrahenten und brachte sich taumelnd einige Schritte außer Reichweite. Ströme von Blut rannen ihr Gesicht herab.

Na fabelhaft, dachte sie. Und so viel zu der Sache mit Odysseus.

Doch jetzt war nicht die Zeit für langes Wehklagen. Erneut stürzte sie sich auf die Kreatur und schaffte es, einige empfindliche Hiebe und Tritte zu landen, bevor der Korred wieder mit seinem Singsang einsetzen konnte, der auch prompt nicht lange auf sich warten ließ: eine Art Melodie, leise und schaurig – und die hypnotische Kraft, die von ihr ausging, war so mächtig, so unerbittlich und fordernd, dass ihr ganzer Körper unter einer einzigen Gänsehaut erschauerte.

»Echt irrer Sound«, bemerkte sie anerkennend und wich keuchend zurück. »Aber glaub mir, das würde noch nicht mal den *Dingoes* gefallen.«

Im gleichen Moment zeigte der magische Bann erste Wirkung, und Buffy spürte, wie ihre Gliedmaßen unkontrolliert zu zucken begannen, einem unbändigen Drang folgend, als würde glühend heißes Feuer durch ihre Adern lodern, jeden Nerv und jeden Muskel in Flammen setzen und zu einem einzigen Schrei nach Bewegung zusammenschmelzen. Wie ein mörderischer Juckreiz, dachte sie, der einem lediglich die Wahl ließ zwischen Kratzen oder Zerbersten ...

Doch Buffy Summers war die Jägerin. Und das bedeutete, dass sie vor niemandem in die Knie ging. Nicht vor Vampiren, nicht vor Rektor Snyder, und ganz sicher nicht vor diesem aufgeblasenen Chihuahua!

»Wie du willst, Krötengesicht, wenn ich schon tanzen *muss*, dann wenigstens richtig.«

West Side Story. Sie und ihre Mutter hatten sich einmal das Video ausgeliehen und einen rührseligen Abend lang gemeinsam in ihre Popcorn-Schüsseln geheult. Diese Typen von den Gangs hatten ihre

Schlägereien doch ebenfalls tanzenderweise ausgetragen, und zwar nach einer sich ständig wiederholenden Choreographie – ein Tritt, ein Schlag, warten bis vom Orchester der nächste Einsatz kommt, herumwirbeln und auf den Boden fallen lassen, dann wieder hoch und aus dem Sprung der nächste Tritt …

Die Kampfsportarten, die Giles ihr beigebracht hatte, waren für sie nie ein großes Problem gewesen, rasch hatte sie die Angriffs- und Abwehrschritte intus gehabt, die mit der Zeit für sie fast zu Reflexen geworden waren. Doch bevor sie die Jägerin wurde, war sie Mitglied im Cheerleader-Team gewesen. Und lange vor ihrer Zeit als Cheerleader hatte sie über Jahre hinweg Ballettunterricht genommen und Eistanz geübt.

Nichts von dem, was wir im Laufe unseres Lebens lernen, ist jemals vergessen. Es schlummert in den hintersten Winkeln unserer Erinnerung und wartet darauf, dass es eines Tages wieder benötigt wird.

Gut möglich, dass ihre Ballettlehrerin bei einem *grand écart* an einen weniger offensiven Einsatz des Spagats gedacht hatte, doch es funktionierte ausgezeichnet.

Der Kampf verlagerte sich mehr und mehr in die Mitte der Straße. Mit brutaler Gewalt versuchte der Korred zu verhindern, dass die Jägerin die Oberhand gewann. Es war schon beeindruckend, welch enorme Muskelkraft sich in diesem ungestalten Körper verbarg. Doch die Jägerin schenkte ihm nichts, schöpfte Energie aus der Quelle seiner ureigensten Macht – der Macht der Musik –, und setzte ihm mit jeder neuen Attacke härter und härter zu.

»Dafür sorgen, dass ich die *Battle of the Bands* verpasse, willst du? Mir hinterherschleichen, du notgeiler Spanner? Dir meine besten Freunde einverleiben? Ich denke *nicht*, dass daraus etwas wird.«

Der Gesang geriet ins Stocken, und reaktionsschnell versetzte sie ihm einen derart heftigen Tritt, dass er mit den Armen rudernd rückwärts torkelte und gegen die nächste Hauswand krachte. Ein weiterer Tritt traf ihn genau unters Kinn und ließ seinen Kopf in den Nacken fliegen. Doch als sie ihm hinterhersetzte, um die leidige Angelegenheit ein für alle Male zu beenden, funkelte er sie aus rot glühenden Augen hasserfüllt an und schnappte mit seinen spitzen, scharfen Zähnen nach ihrem Arm. Erneut sah sich Buffy gezwungen, einige Meter auf Distanz zu gehen.

»Wie du willst, dann eben auf die konventionelle Art.«

Buffy konzentrierte sich, wiegte ihren Körper zum Klang der an- und abschwellenden Musik und ließ ihr Bein zu einem letzten, entscheidenden Tritt nach oben schnellen, so senkrecht und steil, dass selbst eine Cancan-Tänzerin vor Neid erblasst wäre. Der Absatz ihres Stiefels bohrte sich, begleitet von einem hässlichen Gurgeln und Knacken, tief in die Kehle des Ungeheuers.

Eine Zeit lang standen sich die Kontrahenten reglos und stumm gegenüber. Schließlich stieß der Korred ein letztes klägliches Röcheln aus, tastete nach seinem zerquetschten Kehlkopf – und rannte Hals über Kopf davon.

Völlig erschöpft sank Buffy in die Knie und blickte zur anderen Seite der Straße hinüber, wo Xander und Cordelia soeben ihre miteinander verknoteten Arme und Beine sortierten. Ein müdes Lächeln trat auf ihr Gesicht.

»Das nächste Mal«, schlug sie ihren Freunden vor, »solltet ihr auf jeden Fall versuchen, es bis zum *Bronze* zu schaffen. Die Musik ist dort um einiges besser.«

15

Am nächsten Morgen in der Schule kam Buffy auf ihrem Weg zur Bibliothek an Jugendlichen vorbei, die auf Stühlen standen, um die Spruchbänder zur *Battle of the Bands* herunterzureißen.

»Ich glaub's einfach nicht.«

Giles, einen Stoß Bücher unter dem Arm, sah sie alarmiert an. »Was? Was ist passiert? Hat der Korred –«

»Oh, der dürfte an meinem letzten Tritt einige Zeit zu knabbern haben. Ich hab ihn mit meinem Absatz regelrecht an die Wand genagelt, ungefähr in Höhe seines Kehlkopfes. Hat sich wohl endgültig ausgekichert. Sie wären stolz auf mich gewesen, Giles. Aber ich kann einfach nicht fassen, dass mir tatsächlich die gesamte *Battle of the Bands* durch die Lappen gegangen ist.«

»Äh. Tja. Na ja.« Giles stellte die Bücher eines nach dem anderen ins Regal zurück. »Manchmal muss man eben Prioritäten setzen, denke ich.«

»Giles, das verstehen Sie nicht – Hey! Wo sind sie alle hin? Der Laden ist ja wie ausgestorben.«

Giles schaute sich um. »Du meinst die College-Studentinnen? Die Invasion scheint vorbei zu sein. Ich schätze, sie sind bereits an einer anderen Schule, die ebenfalls an dem Programm teilnimmt.«

»Ooh, armer Giles.« Buffy ließ sich mit Schwung auf den großen Arbeitstisch plumpsen. »Keine Groupies mehr.«

»Nun, ich denke, damit kann ich leben.«

»Ja. Natürlich.« Sie hob winkend die Hand, als sich die Bibliothekstür öffnete. »Hey, Will! Giles sind seine Verehrerinnen davongelaufen.«

»Oh. Tut mir Leid, Giles.«

Giles gab ein schnaubendes Geräusch von sich. Er schob seine

Brille hoch, wandte sich demonstrativ um und strafte die beiden mit Verachtung.

Willow nahm ebenfalls auf dem Tisch Platz, und ihre Miene drückte eine solch entschlossene Heiterkeit aus, dass Buffy sich veranlasst sah, die Flucht nach vorn zu ergreifen: »Haben sie verloren?«

»Nein. Die *Dingoes* haben mit ›Ate My Babies‹ den zweiten Platz belegt.«

»Hey, das ist immer noch super! Gab's dafür nicht auch einen Geldpreis?«

Willow nickte, und diesmal schien ihr Lächeln echt zu sein. »Außerdem hat Oz erzählt, dass die *Dingoes* ein Angebot für einen weiteren Auftritt bekommen haben, von irgend so einem Typ, der sie gehört hat. Echt irre.« Willow blinzelte aufgeregt. »Aber was ist gestern Nacht eigentlich geschehen? Ich meine, mit dem Korred und so?«

»Oh, nicht viel«, erwiderte Buffy mit einer Nonchalance, die ihresgleichen suchte. »Ich hab den Korred gesucht, und der Korred hat dafür Xander und Cordelia gefunden. Unser Plan ist fehlgeschlagen – ach ja, darüber müssen wir noch reden, Giles, die Sache hat mich meinen besten Ohrring gekostet –, und ich hab getan, was ich immer tue. Allerdings war ich diesmal besonders gut, wenn ein wenig Eigenlob gestattet ist.«

»Stimmt, das kann ich bestätigen«, ertönte plötzlich Xanders Stimme, der in der Tür stand und seinen Worten ein herzhaftes Gähnen und Strecken folgen ließ. »Diese Tanzstunde letzte Nacht war echt mörderisch.«

»Es war einfach grauenhaft«, bekräftigte Cordelia, die sich ungeduldig an Xander vorbeidrängelte und auf den Tisch zueilte, auf dem Buffy und Willow es sich bequem gemacht hatten. »Stellt euch vor, mein Make-up war völlig verschmiert. Und meine Haare waren – ich bin nur froh, dass mich niemand so gesehen hat. Abgesehen von dir natürlich, Buffy. Aber zum Glück zählt das ja nicht.«

»Mensch, Cordy«, erwiderte Buffy. »du hast wirklich ein Gespür dafür, immer genau das Richtige zu sagen.«

»Aber ... der Korred«, mischte sich Willow ein. »Was ist mit ihm? Wo ist er hin?«

»Gute Frage, Will. Giles, der Korred ist mit ziemlicher Wahrscheinlichkeit noch am Leben. Wird er zurückkommen?«

Giles drehte sich zu ihr um, nahm seine Brille ab und tippte sich mit ihr nachdenklich gegen die Lippen. »Nun, auch wenn du den Korred nicht getötet hast, ist es dir immerhin gelungen, ihn mit buchstäblich durchschlagendem Erfolg für eine ganze Weile zum Schweigen zu bringen. Wenn meine Annahme richtig ist, hat er dem Höllenschlund den Rücken gekehrt und sich vermutlich für immer aus dem Staub gemacht.« Schulmeisterlich gestikulierte er mit seiner Brille herum. »Ein verletztes Erdwesen wie der Korred wird nichts Eiligeres zu tun haben, als den Ort seiner schmerzhaften Niederlage fluchtartig zu verlassen, um sich in irgendeiner tiefen Höhle die Wunden zu lecken.«

»Was bedeutet«, fasste Willow zusammen, »dass er immer weiter laufen wird, bis er gegen einen Berg rennt, in dem er sich verkriechen kann.«

»Exakt.«

»Okay. Und was geschieht nun?«, fragte Xander.

»Nun«, sagte eine Stimme mit nur allzu vertrautem Akzent, »möchte ich euch allen meinen Glückwunsch aussprechen.«

Giles' Haltung versteifte sich. »Panner. Sie sind früh auf.«

»Wie man's nimmt. Diese Stadt lässt einem wenig Zeit zum Schlafen. Andauernd passiert irgendetwas.« Panner verbeugte sich vor ihnen mit solch feierlicher Eleganz, dass Buffy ihn nur mit heruntergeklappter Kinnlade anstarrte und Cordelia reflexartig den Sitz ihrer Frisur überprüfte. »Doch ich fürchte, meine Arbeit hier ist, wie es so schön heißt, getan.«

Giles blieb unbeeindruckt. »Ist sie das?«

»Mein bester Rupert, es besteht keine Veranlassung, unhöflich zu werden! Ich habe Ihnen bereits gesagt, dass ich nicht hier bin, um Sie bei Ihrer Arbeit zu stören. Ich wollte mir lediglich ein paar Eindrücke verschaffen.«

»Oh«, bemerkte Cordelia plötzlich. »Ein Wächter-Wächter.«

Buffys entgeisterte Blicke wanderten von Panner zu Cordelia, während Giles mit immer noch unbewegter Miene den unwillkommenen Besucher anstarrte.

»Und ...?«, hakte er nach.

»Und was ich gefunden habe, ist ein Team, dessen Zusammenarbeit man nur als äußerst effektiv bezeichnen kann. Ein wenig ... extravagant vielleicht, was die Methoden anbelangt, doch nichtsdestoweniger effektiv.«

»Und ...?«, ließ Giles nicht locker. »Sonst noch was?«

Panner lächelte. Der Mann konnte wirklich lächeln. Und zwar ohne dass sein Gesicht dabei in tausend Stücke zerfiel. Buffy brauchte einige Augenblicke, um das zu glauben.

»Äh, Rupert, Sie haben immer schon einen Hang zur Paranoia gehabt, wenn ich Ihnen das einmal sagen darf. Doch um Ihre Frage zu beantworten: Ja, es gab noch einen weiteren Grund für meinen Besuch ... Dich, meine Gute«, fügte er mit Blick auf Willow hinzu, die auf der Stelle einen hochroten Kopf bekam. »Ich muss zugeben, ich bin ein wenig neugierig geworden, nachdem mir einige interessante Geschichten über das Jägerteam zu Ohren gekommen sind. Besonders über eine gewisse junge Dame mit ausreichendem Intellekt und Geschick, um über eine offizielle Rekrutierung nachzudenken.«

»Rekrutierung ...?« Willows Stimme sank zu einem Flüstern herab. »Als ... Wächterin? Oh, nein, Sie begehen da einen Fehler, einen großen Fehler. Ich meine, ich bin keine –«

»Zu diesem Schluss bin ich ebenfalls gekommen. Du bist eine viel versprechende junge Dame, kleine Lady, mit einem höchst bemerkenswerten Potenzial, doch leider längst noch nicht so weit, dich den Prüfungen zu stellen, die der Alltag eines Wächters mit sich bringt.«

»Vielleicht *will* ich ja gar keine Wächterin werden!«, entgegnete Willow forsch, wurde noch eine Nuance röter und sah Giles verlegen an. »Ich meine, ich weiß nicht recht, ich, äh ...«

»Macht nichts, schon in Ordnung.« Panners Stimme klang beinahe erleichtert. »Rupert, es war mir wirklich ein außerordentliches Vergnügen, Sie einmal wieder zu sehen – und bei der Gelegenheit festzustellen, welche hervorragende Arbeit Sie und ihre Jägerin hier leisten. Doch nun, fürchte ich, muss ich mich leider verabschieden.«

»Gute Reise.«

Giles' Gesichtsausdruck nach zu urteilen, waren diese Worte weit von dem entfernt, was er eigentlich hatte sagen wollen. Panner zögerte einen Moment, als wollte er etwas erwidern, doch dann schien er es sich anders überlegt zu haben. Er ließ seiner ersten Verbeugung eine weitere folgen, wandte sich um und stolzierte zur Tür hinaus.

Es war immer noch dieselbe Luft im Raum, doch auf wundersame Weise fiel den Zurückgebliebenen das Atmen plötzlich viel, viel leichter.

Alle Blicke richteten sich nun auf Willow.

»Äh, der Korred«, beeilte sich Willow an das vormalige Gesprächsthema anzuknüpfen, bevor irgendjemand etwas sagen konnte. »Wie geht es mit ihm weiter? Ich meine, wenn er wieder in den Schoß von Mutter Erde zurückgekehrt ist. Wird seine Verletzung heilen?«

Giles setzte sich neben sie und das Leuchten in seinen Augen kündete von wieder erwachtem wissenschaftlichen Eifer. »Eine wirklich interessante Frage. Einige gelehrte Köpfe behaupten, dass sich ein solches Wesen, wenn es sich eine Verwundung zugezogen hat ...«

Buffy verdrehte die Augen und klinkte sich mit über Jahre hinweg geübter Routine aus dem Gespräch aus. Das Böse war bezwungen, alle waren wieder glücklich und zufrieden blablabla ... unnötig, den Ausführungen weiterhin aufmerksam zuzuhören. Wozu gab es schließlich Wächter? Ihre Aufgabe war es, über alle Fakten und Hintergründe Bescheid zu wissen.

Den leeren Blicken nach zu schließen, mit denen Xander und Cordelia Giles' weitschweifigen Erläuterungen folgten, hatten sie den Faden längst verloren. Einzig Willow hing wie gebannt an seinen Lippen. Buffy seufzte. Das konnte eine Weile dauern.

Ein Blick auf die Uhr brachte den rettenden Einfall. Buffy sprang erleichtert auf. »Ich möchte dieser kleinen Zusammenkunft der Mythologie-AG ja nur ungern ein Ende setzen, aber sollten einige von uns nicht allmählich mal zum Unterricht?«

»Hey, Unterricht!«, rief Xander begeistert. »Genau. Gute Idee. Ich könnte etwas Schlaf gebrauchen. War nur ein Spaß!«, beeilte er sich hinzuzufügen, als er sah, wie Giles' Augenbrauen sich bedrohlich gen Zimmerdecke streckten.

»Möchten Sie Pommes Frites dazu?«, warf Willow in den Raum und setzte eine Unschuldsmiene auf, als Xander sie von der Seite her anblickte.

»Äh. Nun.« Giles setzte seine Brille wieder auf und erhob sich. »Wie sagt doch der Volksmund: Ende gut, alles gut.«

»Gut?«, fragte Cordelia empört, während sie aufstand. »Nur zu Ihrer Information: Ich habe mir in der letzten Nacht den Absatz abgebrochen und mein bestes Paar Stiefel ruiniert! Ich finde das ganz und gar nicht ›gut‹.«

Der Anflug eines Lächelns umspielte Rupert Giles' Lippen, als er der Jägerin und ihrem Team hinterherblickte, wie sie der Reihe nach laut plappernd durch die Tür verschwanden. Beinahe wie ganz normale Jugendliche, dachte er. Als endlich Stille herrschte, atmete er erleichtert auf.

Wieder war ein Ungeheuer besiegt. Alle Besucher waren fort. Panner hatte seine Koffer gepackt und war abgereist. Ethan hatte nichts mehr von sich hören lassen. Die College-Studentinnen, diese Horde alberner, gackernder Gänse, hatten die Sunnydale High verlassen und waren zur nächsten Schule weitergezogen. Die Bibliothek gehörte wieder ihm.

Erfüllt von tiefer Zufriedenheit griff er nach dem Stoß mit Büchern, die darauf warteten, wieder in die Regale einsortiert zu werden. Plötzlich stutzte er und ein Runzeln erschien auf seiner Stirn. Hatte da nicht eben noch ein anderes Buch zuoberst gelegen?

In einem der Klassenräume schlug Willow ein großes Schreibheft auf. Dann griff sie in ihre Schultasche und holte ein kleines, in Leder gebundenes Buch heraus. Sie verbarg es hinter den aufgeschlagenen Seiten des Schreibheftes, blätterte eine Weile darin herum, bis ihr Blick an einem viel versprechenden Absatz hängen blieb, und begann in Giles' Aufzeichnungen zu lesen.

Es ist eine Leihbibliothek, oder etwa nicht?, dachte sie bei sich. Und von Schülern wurde erwartet, dass sie diese nutzten und sich weiterbildeten, oder?

Buffy – Im Bann der Dämonen

Christopher Golden & Nancy Holder
Buffy – Im Bann der Dämonen
Das Blutschwert

Mel Odom
Buffy – Im Bann der Dämonen
Willow und das Monsterbaby

Craig Shaw Gardner
Buffy – Im Bann der Dämonen
Verschwörung der Druiden

Christopher Golden & Nancy Holder
Buffy – Im Bann der Dämonen
Die Diener des Bösen

Keith R. A. DeCandido
Buffy – Im Bann der Dämonen
Xander

Elizabeth Massie
Buffy – Im Bann der Dämonen
Unheimliche Schwestern

Diana G. Gallagher
Buffy – Im Bann der Dämonen
Gott der Finsternis

Nancy Holder
Buffy – Im Bann der Dämonen
Die Angel Chroniken I

Richie Tankersley
Buffy – Im Bann der Dämonen
Die Angel Chroniken II

Nancy Holder
Buffy – Im Bann der Dämonen
Die Angel Chroniken III

vgs verlagsgesellschaft, Köln

Buffy
Im Bann der Dämonen
Jetzt testen!
Comic-Magazin
Mit Poster und Infos zu den Stars und zur Serie!
36 Seiten, voll farbig!
Jeden Monat neu!
Nur DM 4,90
»Buffy« ist im Buch- und Comic-Handel, sowie am Kiosk jeden Monat neu erhältlich!
CARLSEN COMICS
www.carlsen.de
Klasse!
Schickt mir ein kostenloses Probeheft!
Bitte abschneiden oder kopieren und auf Postkarte kleben.
Vergesst eure Anschrift nicht!
CARLSEN VERLAG
»Buffy« Probe-Heft
Postfach 500 380
22703 Hamburg
©Dark Horse/20th Century Fox

www.tvspielfilm.de
Wir lesen was, was Du nicht liest!
TV SPIELFILM holen. Nur das Beste sehen.
TV SPIELFILM
14 Tage besser fernsehen
Alle Filme mit Bewertung!